焦がれるジュエリーデザイナー

水上ルイ

幻冬舎ルチル文庫

CONTENTS ✦目次✦

焦がれるジュエリーデザイナー

✦カバーデザイン＝高津深春（CoCo.Design）
✦ブックデザイン＝まるか工房

イラスト・円陣闇丸✦

焦がれるジュエリーデザイナー

MASAKI 1

「……ああ……いいデザインだ……」

その呟《つぶや》きは、本心から出た感嘆の言葉。

俺は、ローテーブルに置かれたカラーコピーを見つめている。

これは、彼が、あるコンテストに発表するために、一カ月前に描いたデザイン画。

恥ずかしがってずっと見せてくれなかったのだが、明日はコンテストの結果発表、という今夜になって、勇気が出たのか、やっと見せてくれたのだ。

コンビニエンスストアの古い機種でコピーされたらしいそれは、きつい発色をしているが……もともとのデザイン画の美しさが目を見張るようなものであろうことは、想像できる。

彼の描くラインは、クラシカルで、とても上品だ。

絶妙に加味された、若いデザイナーらしい新鮮な発想。

計算され尽くした、その完璧なバランス。

……君のセンスは……本当に……。

「素晴らしいよ、晶也《あきや》」

俺は目を上げ、すぐそばにある彼の美しい顔を見つめる。

「ありがとうございます。実は、自分でもちょっと気に入っているんです、このデザイン」

見つめ返してくる、最上級の琥珀《こはく》のような色の瞳。

少し酔ったのか、それともとても嬉しいのか、わずかに染まった肌が色っぽい。

俺は、ローテーブルの上に置いたトレイから、シェリー酒の瓶《ボトル》を持ち上げる。

「乾杯しよう。明日のコンテストの発表で、いい結果が出るように」

晶也は、結果発表が怖いのか、少し緊張したような顔でうなずく。

……こんな顔をするということは、デザイン画の出来に満足し、入賞を心から願っているのだろうな……。

俺は微笑《ほほえ》ましい気分で、トレイの上のクリスタルのグラスに、シェリー酒を注ぐ。

晶也が、グラスを見つめたまま、小さく息をのむ。

「……綺麗《きれい》な色……」

俺が選んだのは、オレンジとピンクが絶妙に混ざった色をした、上等のシェリー酒だった。

「ああ……僕のデザインに、こんな綺麗な色の石が入ったら、どんなに嬉しいでしょう」

俺がグラスを渡すと、晶也はそれを間接照明の光にかざす。

そう。このシェリー酒は、ちょうど最上級のインペリアル・トパーズと同じ色をしている。

「君が、前に、『インペリアル・トパーズを使うデザインを描いた』と言っていたので、買っておいたんだ。君がデザイン画を見せてくれたら飲もうと思って」

彼は少し驚いた顔で俺を見つめ、それからふいに照れたように目を潤《うる》ませる。

「……雅樹《まさき》……」

クリスタルのグラスに施《ほどこ》された細かなカッティングが、スタンドの色を反射して、晶也の滑《なめ》らかな頬《ほお》に美しいシェリー酒色の影を映している。

……ああ、俺の恋人は、どうしてこんなに美しいんだろう……。

「愛しているよ、晶也。君の素晴らしいデザインが、入賞しますように」

グラスを差し出すと、晶也は嬉しそうな顔で自分のグラスを近づけ、まるでキスをするように、そっと俺のグラスに触れさせる。

「愛してます、雅樹。祈るまでもなく、あなたはきっと素晴らしい賞を受けると思います」

彼は、まるで高価な宝石を見る時のような目で、俺をうっとりと見つめる。

俺たちはそのまま顔を寄せ合い、まるで乾杯をするようなキスを交わした。

そして、そのまま……。

AKIYA 1

彼の手は、まるで神が彫《ほ》り上げた彫刻のように美しい。

精巧なパーツのように完成されたその長い指は、とても器用で、時にイタズラで、そして……とてもセクシーだ。

今も、彼の指は、絶妙なその動きだけで僕に怖いほどの快感を与え……。

「……あ……雅樹……」

僕は喘《あえ》いで、逞《たくま》しい彼の裸の肩に頬を押し当てる。

「……ん……ああん」

今にも駆け上りそうな僕の身体《からだ》から、すっと彼の指が離れる。

「……あっ……いやあ……」

彼は、こうやって巧《たく》みに愛撫《あいぶ》を加減して、ずっとずっと僕をジラし続けて。

ギリギリのところでおあずけをされた僕は、最後の快楽が欲しくてもうおかしくなりそうで。

至近距離にある、見とれるようなハンサムな顔。

きりりとした、男らしい眉《まゆ》。

きっちりと鑿《のみ》で彫り込まれたような、奥二重の目。

黒曜石《こくようせき》みたいに高貴に煌《きら》めく、黒い瞳。

貴族的にスッと通った高い鼻梁《びりょう》。

少し薄めの、形のいい唇。

彼の名前は、黒川《くろかわ》雅樹。二十九歳。

会社では僕の上司。ジュエリーデザイナー室のチーフ。

そして、世界的に有名なジュエリーデザイナーでもある。

彼の完璧に整った顔は、ほかの人の前では、ストイックで凜々《りり》しい無表情を保っている。

なのに今は、その顔は苦しげなほどにセクシーで、その瞳は燃えるように獰猛《どうもう》で。

彼が僕を欲してくれてるのが伝わってきて、心に幸せが満ちる。

……ああ、あの、『マサキ・クロカワ』が、こんな近くに、しかもこんな熱い目をして、
僕のそばにいてくれるなんて。

僕にとって、雅樹との時間は、信じられないほど幸せなものなんだよね。

僕の名前は、篠原《しのはら》晶也。二十四歳。

イタリア系宝飾品会社、ガヴァエッツリ・ジョイエッロでジュエリーデザイナーをしている。

初めて彼に会ったのは、まだ彼がローマ本社のデザイナー室に所属している頃。日本人で初のローマ本社のデザイナー。しかも副社長であるアントニオ・ガヴァエッリ氏の右腕を務めるという『マサキ・クロカワ』に、僕はずっと心酔し、憧《あこが》れていた。

彼のセンス、その類《たぐい》稀《まれ》なる才能は、僕には完璧なものに思えた。

そして、彼の存在は、いつのまにか僕ががんばるための大きな支えになっていて。

まさか会えるとは思っていなかった彼が、日本に来ると知った時、僕は有頂天になって、我を忘れて……間抜けなことをしてしまった（いきなり『サインください！』とか叫んじゃったんだ。同じ会社のデザイナー同士、しかも上司に向かって、それはないよね・涙）。

彼が日本支社に異動になってから、僕の心には喜びと、憧れと……そしてそれだけでは言い表せない甘くて複雑な感情が湧き上がるようになっていて。

それは、心の奥底を激しく乱し、そして甘く痛ませる、不思議な気持ちで。

それまで本当の恋なんかしたことがなかった僕には、その気持ちの深い意味が理解できず、

『僕はこんなに彼に憧れてるんだ』と自分に思い込ませていて。

ただの憧れの対象だったはずの尊敬する上司の彼から、いきなり『愛している』と告白され、ほとんど無理やりにキスを奪われたのは……去年の十一月のことだった。

恋愛経験の浅い僕は、あまりに衝撃的な出来事に混乱し、彼を手厳しく拒んでしまい……。

でも、苦悩する彼を見、彼がイタリアに異動になるのでは、という噂《うわさ》（デマだったんだ

けど）を聞いた僕は、自分の気持ちが『恋』と呼べるものだったことに気づき……。

そして僕は、彼に自分の気持ちを正直に告白し、彼はその夜、僕を優しく奪ってくれた。

あれから、ほぼ一年。

普通のカップルなら、そろそろ落ち着いている時期、なんだろうけど……。

「……ダメ、もうダメです……雅樹ぃっ……！」

「……ダメ……？」

耳元に響く、甘い囁《ささや》き。

「……何がダメなのかな？」

彼の声は、低く、男らしく、そして聞き惚《ほ》れそうな深い響きを持っている。

こんなすごい体勢で、しかもコンナコトの最中なのに、彼はわざと僕を名字で呼ぶ。

「……言ってもらわないとわからないよ、篠原くん」

……ああ、その声だけでこんなに感じてしまうのを知っていて……。

彼を受け入れた僕の蕾《つぼみ》が、ヒクンと震えてしまう。

……彼は、なんてイジワルなんだろう……？

快楽の涙に曇る視界には、見下ろす角度で煌めくレインボーブリッジ。

見渡す限りに広がる東京の夜景、そして星空。

ここは、天王洲《てんのうず》にある彼のマンション。

二階吹き抜けの天井と、大理石張りの床を持つ、広い広いリビング。

電気をソファサイドのスタンドだけに落とした部屋の中、黒革張りのソファの上で、僕らは抱き合っている。

ここに来た時に着ていたスーツも、ネクタイも、ワイシャツも……いつのまにかはぎ取られてしまった。

床の上に落ちた僕の服の上に、彼の仕立てのいいスーツが無造作に脱ぎ捨てられた。

そして僕らは何もかも忘れて、裸のままで抱き合って。

愛の行為の最中、僕が身につけるのを許されるのは、首にかけられた細いプラチナのチェーン。そしてその先に通された、彼がデザインしてくれた美しいプラチナのリングだけ。

重なり、触れ合い、擦《こす》れ合う二人の肌の間で、チェーンがサラサラと音を立てる。

彼と僕との二人の体温で、愛の証《あかし》のリングが熱くなる。

その感触だけで、もうイッてしまいそうなのに……！

「……や……ダメ、ダメです、雅樹……っ！」

彼のその美しい指と、獰猛なその欲望は、僕の弱い部分を知り尽くしていて。

「……すご……お願い……お願いです……っ！」

敏感になった身体、膨《ふく》れ上がった快感に、もうオカシクなってしまいそう。

「……何をお願いしているのか言ってごらん」

……こんな高貴な美声なのに、どうしてこんなにイジワルばかり言うんだろう……？

彼の囁きは、僕の鼓膜を揺らし、麻薬みたいに僕の全身を駆けめぐり……。

「……あっ！」

僕の背中が、勝手にギュッと反り返ってしまう。

「……やっ、ああっ……！」

全身に、怖いほどの快感が走る。

……ダメ、またイキそう……！

……ああ、なんでこんなに感じちゃうんだろう……？

僕が降参寸前なのを察した雅樹は、その獰猛な屹立《きつりつ》で、僕を容赦なく攻めてくる。

「……あっ、あっ……ダメ、ダメ、ああ……っ！」

揺すり上げられるたび、背中が、ソファの革の上を滑《すべ》る。

僕はもう何も判らなくなって、彼の身体にすがりつく。

「……ああっ！　雅樹っ！　もう……っ！」

「……今夜はすごいね。どうしたの？」

……ああ、どうしてこんなイケナイコトばかり言うんだろう……？

「……さっきもあんなに出したくせに、またこんなに締めつけてくるなんて」

彼の言葉に、意識がますますそっちに向いてしまい……。

「……んっ、くふ……っ！」

僕の蕾の奥の内壁は、貪《むさぼ》るように、ますます強く彼を締め上げてしまい……。

「……ああ、んっ！」

身体の奥から、指の先まで、甘い快感が満ちる。

それは僕を震えさせ、腰の辺りを痺《しび》れさせて……。

……ああ、もう、我慢できない……！

「……ああっ、イク……！」

僕は、雅樹を置き去りにしたまま意識を飛ばしそうになり……、

「……イケナイ子だな。まだダメだよ」

雅樹はイジワルに囁いて、反り返る僕の屹立をキュッと握って放出を止めてしまう。

「……ああ……っ！」

放てなかった快感が、僕の身体の中でますます激しい嵐になる。

「……んっ……く……」

僕はかぶりを振ってその衝撃に耐え、あまりの快感に涙を振り零《こぼ》してしまう。

「……あ……あ……イジワル……！」

雅樹はセクシーにクスリと笑い、僕の目尻に溜《た》まった涙にキスをする。

「俺の腕の中にいながら、電話に出てしまった君が悪い」

……あ……。

僕は思わず目を開き、すぐ上にある彼の顔を見つめてしまう。

……それで嫉妬《しっと》して、こんなにイジワルしてる……？

「……あ……あれは、つい、条件反射で……！」

「相手は、アラン・ラウだろう。俺の元ライバルだ。なのに君は楽しそうに話すし」

「……でも、すぐ切るなんて失礼ですし……ああっ！」

言葉を遮《さえぎ》るように腰を進められて、僕は思わず喘いでしまう。

屹立を戒《いまし》める彼の手に、自分の手を重ねる。

「……ここ、離して……お願いです……！」

「……ダメだ。もう少し我慢しなさい。これはお仕置きだよ……？」

彼は、その優しい声とは裏腹な、激しい動きで僕を貪る。

僕の身体は、それに合わせて押し上げられ、でもまた引き戻され。

唇から、規則的な喘ぎが絶え間なく漏《も》れてしまう。

喘ぎのリズムに合わせるように、僕の背中の下で、上等の革が、ギュッギュッと鳴る。

……ああ、もう……！

密着した二人の肌の間には、さっき放ったばかりの、あたたかく滑る液体が満ちている。

彼の激しい動きとともに、それまでがクチュン、クチュン、と淫《みだ》らな音を立てて。

彼が僕の腰をしっかりと抱き寄せているせいで、反り返った僕の屹立は、二人の肌の間でヌルヌルと愛撫され、翻弄《ほんろう》され……。

「……もう……もう許して……！」

「……またこんなに濡《ぬ》らして。本当にエッチな身体になってしまったね」

彼は、欲望に濡れた声で言い、やっと僕の戒めを解いてくれる。

そして、僕の屹立の形をその美しい手で辿《たど》る。

「……あっ……もう……！」

彼は、まるでとどめを刺すかのように、その低い美声を僕の耳に吹き込む。

「……愛しているよ、晶也」

その囁きは、まるで甘美な毒薬のように僕の身体を駆けめぐり、僕の中で膨れ上がり……。

「ああ……くうぅ……っ！」

彼の手の中、反り返った僕の屹立から、白い蜜が、ドクンドクン！　と溢《あふ》れてしまう。

僕は彼の身体にしっかりとすがりつき、ヒクヒクと震えながら、放出の衝撃に耐える。

ジラされたおかげで、その快感はさらに倍増していて……。

「……んん……っ！」

我慢できずに、後ろの蕾でキュウッと締めつけてしまうと、深く穿《うが》たれている逞しい彼の形を、細部までリアルに感じてしまう。

「……んん！　愛してる、雅樹ぃ……！」

「……ああ……俺も愛しているよ、晶也……」

彼は、苦しげなほどセクシーな声で囁く。

そして、僕の奥深くに、激しく、熱い、愛の証が撃ち込まれ……。

*

……いい香り……。

鼻をくすぐる香ばしい香りに、僕はまどろみの浅い夢の中から引き戻される。

……あ、いつのまにか寝てたんだ、僕……。

体力を使い果たして、知らないうちに少し眠ってしまったみたい。

さっきまでベタベタだった肌は、今はサラサラとして心地いい。

雅樹があたためたタオルで身体を拭《ふ》いてくれるのを、夢心地で感じていた気がする。

裸のままの身体は、フワフワの毛布に包まれているし。

僕は、彼に身体を拭かれている自分を想像して、一人で赤くなる。

……うう、全裸で居眠りしてたなんて、恥ずかしすぎる！

……しかも、上司である彼にそんなことをさせるなんて、僕ってなんて失礼なんだ……！

いつもなら、雅樹にお姫様みたいに抱き上げられて（考えてみれば、それはそれでそうとう恥ずかしいんだけどね・汗）、お風呂まで行く。

そしていちおう自分で身体を洗って（雅樹に洗われてしまってそのまま次の回になだれこんじゃうなんてこともあるけど・大汗）、なんとかベッド（もしくはソファ）まで戻る。

……けど。今夜の雅樹は、いつにも増してすごかったかも……。

僕は真っ赤になりながら、思う。

……まあ、僕もあんまり人のこと言えないかもしれないけど……。

ここのところ忙しくて、雅樹とゆっくりデートするのがご無沙汰《ぶさた》になってた。

だから、久しぶりにこの部屋に来ただけで、ドキドキした。

おまけに、雅樹が、僕のために上等のシェリー酒まで用意してくれたりして。

見つめ合うだけで、身体が熱くなっちゃって。

乾杯をしてから、軽くキスをしただけで、身体が蕩《とろ》けそうになっちゃって。

雅樹も同じような気持ちだったのか、愛してる、君が欲しい、ってすごく甘い愛の誘惑を囁いてくれて。

僕らは、香り高いシェリー酒を飲みながら、何度も何度もキスを交わして。

グラスが空になった頃には、もう我慢できないほど高まってしまっていて。

雅樹の指が僕のネクタイをそっと解《ほど》いた。

黒革のソファに押し倒されて、鼓動が速くなった。

僕は喘ぎながら目を閉じ、彼の愛撫にすべてを任せた。

彼は僕を、その巧みな手と唇で追い上げ、追いつめて……。

愛してる、と囁かれながら、彼の手の中で、僕は激しく放った。

そして、さらに、彼の屹立で与えられる快感への予感に身を震わせ……。

ちょうどその時、床の上、上着のポケットに入ってた携帯電話が着信音を奏《かな》でた。

僕は条件反射で手を伸ばし、朦朧《もうろう》としたまま、ついそれに出てしまって。

電話の相手は、あのアラン・ラウさんだった。

中国系アメリカ人の彼は、大富豪で、R&Y社っていう老舗《しにせ》宝飾店の社長。それだけじゃなくて僕の兄さんの仕事仲間で親友（？）のロバート・ラウさんのお兄さんで。

前にアランさんが、僕をR&Y社のデザイナーとしてスカウトしたい、できれば養子にしたい（彼は雅樹とそんなに歳《とし》が変わらないくらい若いから本気の養子っていうよりは面倒を見てデザインの勉強をさせてくれるつもりだったんだろう）と言ってくれてたことはある。

ちょっとした誤解で、雅樹の元を去らなきゃならない、と思い込んで絶望してた僕は、もう何も判らなくなって彼についていきそうになっていて。

結局は、僕は、雅樹の元を去るなんてできなくて、誤解も解けてちゃんと仲直りして。

だけど、それ以来、雅樹はアランさんを強力なライバルとして見てるらしい。

だから、行為の真っ最中、アランさんからの電話に出た僕に、こんなお仕置きをして。

……朦朧としていたとはいえ、たしかにあれは失礼だったよね……。

……だけど、こんなにやきもち妬《や》くことないのに……。

でも。嫉妬されるのもちょっと嬉しい、僕も、僕なんだけどね。

雅樹の姿を探して、窓ガラスを見る。

暗いリビングの向こう、明かりがついたキッチンの様子が、ガラスに映っている。

バスローブ姿の彼が、キッチンに立ち、手際よく何かを作っているのが見える。

「……あ……」

発した声が、ちょっとかすれてしまってる。

……ああ、ノドがちょっと痛い……。

それは、僕が我を忘れて喘いでしまった証。

「……あ、あの……僕も何かお手伝いします……」

僕は赤くなりながら身を起こし、毛布を身体に巻いて、ソファから立ち上がろうとする。

けど……。

軟体動物になったみたいに、クニャ、とソファの足下に座り込んでしまう。

……立ち上がれない……。

僕は、ソファの革に頬を押しつけながら思う。

……恥ずかしすぎるかも、僕……。

すべての筋肉が甘く痺れ、膝《ひざ》にまったく力が入らないんだ。

「……もう目を覚ましてしまったのか。せっかくキスで起こしてあげようと思ったのに」

彼が言って、湯気の立つグラスを持ってこっちに歩いてくる。

くったりした僕の腕の下に手を入れ、そのままソファにもう一度座らせてくれる。

僕をその胸に寄りかからせて支えてくれながら、

「力が入らないみたいだね。あんなに出してしまうからだよ」

「……うっ……」

その言葉に、僕の頬が熱くなる。

「……もう、雅樹ったら……」

完全にヘナヘナになってしまった僕に比べ、彼はいつものとおりの優雅な姿。

その非の打ちどころのないほどハンサムな顔には、すごく優しい笑み。

あんなにイッたばかりなのに、見つめられるだけでドキドキしちゃう自分が……情けない。

「声がかすれている。どうぞ。はちみつ入りのホットレモネードだ」

「……あ、ありがとうございます……」

僕は赤くなりながらそれを受け取る。

金属製の持ち手のついた、分厚い耐熱ガラスでできたグラス。

そこには、湯気の立つホットレモネードが満たされていた。

レモンの爽《さわ》やかな香りと、はちみつの甘い香りが、僕の鼻腔《びこう》をくすぐる。

湯気の立つ表面を、フーッと吹くと、ふわりとその香りが空気に広がる。

「……ああ……いい香り……」

僕はグラスを両手で包むようにして、そのあたたかな飲み物を口に運ぶ。

「いちおう冷ましてはあるけれど、まだ熱いよ。慌《あわ》てて飲んで火傷《やけど》をしないで」

すぐ近くで囁いてくる雅樹の声に、僕の心臓はトクンと一つ高鳴る。

……愛してる人に、こうやって甘やかされるのって……。

僕は一人で赤くなってしまう。

……なんだか、すごく幸せかも……。

思いながら、僕は上の空でグラスを傾け……、

「……んっ！」

舌に微《かす》かに痛みが走り、僕は慌ててグラスを口から離す。

「……あつ……」

「ああ、ほら、また！」

あきれた声で言って、雅樹が僕の手からグラスを取り上げる。

グラスをサイドテーブルに置き、僕の顔を覗《のぞ》き込んで、

「大丈夫？　痛くない？　舌を出してごらん？」

「……う、大丈夫です……驚いただけで……もう痛くないですし……」

「言うことをききなさい。舌を出して？」

言われて、僕は口を開き、そっと舌先を出してみせる。

「もっとちゃんと舌を出してごらん」

僕は、もうちょっと舌を出してみせる。雅樹は僕の舌を見つめる。

二人の顔がすごく接近して……痛いよりも、恥ずかしいんだけど……。

「少しだけ赤いかな。ホットレモネードを、今度からもっと冷まして持ってこようか？」

彼は、責任を感じてるみたいに、なんだか苦しげに言う。僕は慌てて、

「あ、あなたが悪いんじゃありません。熱いレモネード、好きですし。僕が気をつければよかったんです。それにもうほとんど痛くもないですし」

「本当？」

「本当です」

雅樹の手が、僕の顎《あご》をそっと支える。

「じゃあ、早く治るようにおまじないをしよう」

「……あ……」

彼のハンサムな顔が近づいてきて、僕の唇にそっとキス。

「……あ、んん……」

すぐに離れた唇が名残惜《なごりお》しくて、僕は思わず彼の顔を見つめてしまう。

「……ん？」

「……あの……いえ、なんでもありません！」

……もっとキスして欲しいけど……。

僕は一人で赤くなりながら思う。

……もっとキスして、なんて、恥ずかしくて言えないよ……。

「……もっとキスして欲しい？」

まるで心を読んだかのような言葉に、僕は驚いて、

「ど、どうしてわかったんですか？」

思わず聞いてしまうと、雅樹は楽しそうに笑う。

「カマをかけただけだよ、君は本当に素直な子だな、晶也」

……うっ、自分から白状しちゃった……。

ボケてる自分が恥ずかしくて、僕はますます赤くなる。

「……愛してるよ、晶也」

彼の囁きに含まれるのは、はちみつよりも甘い、とろけそうなほど甘い蜜。

僕らは、相変わらず、あきれるほどの甘々ラヴラヴ状態……なんだよね。

＊

「これ、すっごく美味《おい》しいです！」

彼が作ってくれたリゾットを食べながら、僕は言う。

「ローマにいる時、知り合いのシェフに教えてもらった。その店では、大きなパルミジャーノチーズを削ったところにリゾットを入れて、溶かしながら皿に取り分けていたんだが」

イタリア風に、お米の一粒一粒がさっくりとした完璧なアルデンテに仕上げられている。トロリとしたソースから立ち上るのは、上等の白ワインと、新鮮なチーズの香り。

そこに香ばしさを与えているのは……、

「これ、栗、ですか？」

「そう。秋だから、パルミジャーノ・レジアーノと、栗のリゾット。気に入った？」

「はい！　これがどこかのお店で食べたものだったら、絶対に通ってしまいます！」

言うと、彼は可笑《おか》しそうに笑って、

「一人でどこかの店にでも行かれて、またライバルが増えたら困る。君に浮気をされないように、せいぜい腕を磨《みが》かなくては」

「今でも完璧です。これに勝てるリゾットを作れる人は、本職のシェフでも日本にはなかなかいないと思います。こんな美味しいものを作ってもらえるなんて、僕は本当に幸せです」

僕は本気で言って、彼に笑いかける。

「そんなに褒《ほ》めてもらえて光栄だな」

彼は優しい笑みをその顔に浮かべて、ローテーブル越しに僕の方に手を差し伸べる。

彼の指が、僕の頬に触れる。

彼は、その滑らかな手の甲で、僕の頬をスッと撫《な》でる。

彼の指が僕の顎にかかり、そっと上を向かせる。

「……あ……」

それだけで、僕の身体は麻酔にかけられたみたいに甘く痺れて、動けなくなる。

「こんなに綺麗な顔をして。なのに、子供みたいだね」

「……え……？」

彼のハンサムな顔がいきなり近づいてきて、僕は呆然《ぼうぜん》と固まってしまう。

「……あ……」

彼の唇が、僕の唇のすぐ脇《わき》にそっと触れる。

「……ああ……」

その感触だけで、僕の身体に甘い電流が走ってしまう。

彼のあたたかな舌が、僕の唇の脇をそっと舐《な》め上げる。

「……ああ、ん……」

さっきまでの彼との行為を、身体が勝手に思い出してしまう。

「……ん……ダメ……もう……」

囁いた声が、またエッチな感じにかすれてしまう。

呼吸を乱してしまった僕の顔を、雅樹が至近距離から覗き込む。

「口の脇に、ソースがついていたからね」

「……う……っ！」

……恥ずかしすぎる……！

真っ赤になる僕に、彼はすごくセクシーな目をして笑いかけてくる。

「スプーンから食べるよりも、ずっと美味しかったな」

彼の笑顔は、本当に優しくて、そして彼は本当に見とれるようなハンサムで。

「……あ……」

「どうしたの、そんなに目を潤ませて。唇の端ではなく、きちんとキスして欲しい？」

僕の鼓動がまた速くなり、僕は甘い気持ちに落ちていきそうになる。

……ああ、キス、して欲しい……。

僕は思わずうなずいてしまいそうになり……、

……いけない……！

僕は慌てて自分の気持ちを引き締める。

……明日はもう会社なのに……！

……もう一度されたら、もう明日はへろへろになっちゃう……！

「ええと……コホン、コホン！」

僕は咳払《せきばら》いをして、彼から急いで離れる。

「せっかくのリゾットが冷めてしまいます！　キスは結構です！」

言うと、彼は可笑しそうに吹き出して、

「残念。あともう少しでキスができるところだったのにな」

「あと少しじゃありません！　もう！」

僕は怒ったフリで言うけど、その美しい黒い瞳に見つめられたら……やっぱり……。

……ダメだってば！

「もう一度、キスがしたい」

僕は慌てて彼の目から目をそらす。

リゾットを半分ヤケクソでパクパク食べながら、思う。

……いけない、いけない！　このままじゃ彼の思うつぼだ！

……別の話をして気を散らさないと！

「ええと！　ええと！　あ、そうだ！」

僕は、ある大切なことを思い出す。

「『セミプレシャスストーン・デザイン・コンテスト』の日本大会の結果って、明日の昼までにFAXで届くんですよね？」

雅樹は、話題をそらされたことにちょっとムッとした顔をするけど、仕方ないか、というようにため息をついて、

「まあね」

これは、ここのところずっと気になっていたことで。

セミプレシャスストーンっていうのは、日本語では半貴石のことだ。

貴石っていうのは、一般には、ダイヤ、ルビー、サファイヤ、エメラルドの四大宝石に、パールとアレキサンドライトを含めた、六種類の宝石を指す。

それ以外の天然石をまとめて、半貴石、と業界では呼んでいる。

区分は宝石業界の人間が通常使っているものだから、国によって少し違ってたりするけど。

半貴石というと安い宝石のように思われがちだけど、例えば、シェリー酒の色をした上等のインペリアル・トパーズや、紫と薔薇《ばら》色が混ざったような煌めきのあるクンツァイト、そして一般に猫目石と呼ばれているオリーブ色のクリソベリル・キャッツアイなんかは、半端な貴石なんか足下にも及ばないほどに高価だ。

だから、半貴石ならどの石を使ってもよい、という規定のあるこのコンテストは、僕らみ

たいな若手デザイナーにはけっこう心躍《おど》る。

だって……仕事では、なかなか希少な石を扱う機会がないからね。

受賞できない限りそれが作品として現実に作られることはまずないと思ってもいいんだけど（たまたま企画の目に留まれば別かな？　でも、コンテスト用に描かれたデザインはすごく凝《こ》ってて作ったら目が飛び出すほど高価なものになるから、まず商品には向かない）、「こんなのができたらいいなあ」って夢を見るのは自由だしね！

「あの。日本大会に入賞できた社員は、再来週に応募〆切のあるアジア大会にも作品を出してもいいって聞きましたけど……本当ですか？」

雅樹は、僕が急に真面目な話を始めたのに面食らった顔をしてから、

「ああ、本当だ。金曜日の夜の会議で決まった。明日の朝のミーティングで伝えようと思っていたんだが……？」

どうして知っているの？　という顔の彼に、僕はちょっと舌を出して、

「ガヴァエッリ・チーフが口を滑らせたらしいです。悠太郎《ゆうたろう》が、昨日電話で教えてくれて」

「まったく。アントニオという男は……」

雅樹は言って、深いため息をついてから、

「まあ、隠しても仕方のないことだから、いいか。……そう。日本大会に入賞できた社員は、アジア大会へのエントリー料と、入賞した時の製作費を会社が負担してくれることになっ

た」

　雅樹はちょっとムッとした顔でため息をつく。

「本当なら、すべてのコンテストに、全員が応募できるようになるのが理想なんだが、ね」

　僕ら、ガヴァエッリ・ジョイエッロ日本支社、宝石デザイナー室のメンバーは、できるだけたくさんのコンテストに応募して実力を試そう、という方針でがんばっている。

　ガヴァエッリ・チーフと雅樹はコンテストの入賞や優勝の常連だからいいけど……ほかのメンバーは、そういう大きなコンテストに勝ち残った経験がまだ全然なくて。

　仕事の依頼以外の自由なデザイン活動は、すごくいい経験になるから、みんなでがんばって時間をつくってはコンテスト用のデザイン画を描いて応募してるんだよね。

『セミプレシャスストーン・デザイン・コンテスト』は歴史も浅く、比較的小さな賞。

　……だけど、僕にとっては、一つ一つのコンテストが、すごく大事で……。

MASAKI 2

『まったく……日本支社の会議は、いつでも長くて困る。時間の無駄としかいいようがない』

隣を歩いている男が、早口のイタリア語で言う。

『こんな会議さえなければ、彼を誘って居酒屋に行ったのに。ただでさえ、私のお姫様はシャイなんだ。さっさと口説かないとどこかのヤローに横からさらわれてしまう』

俺は、あきれたため息をつく。

『あなたがどういう印象を人に与えようと俺には関係ありませんが……すぐ後ろに日本支社長や役員のお歴々がいるのですが？』

イタリア語で言ってやると、彼は肩をすくめる。

『イタリア本社から本社副社長であるこの私が来ているんだ。そろそろ気を使ってイタリア語を勉強してくれる取締役が出てきてもいいと思うのだが……』

笑いを浮かべたままで、チラリと後ろを振り返る。

彼に頭の上がらない日本支社長は、彼に愛想笑いを返し、

「あの……？」

判らないので日本語で言ってくれ、と言いたげな顔で言う。

「ああ、失礼。ついついイタリア語が出てしまうんだ。日本人は本当に会議が好きなんだな、と言ったんだよ」

「はい！　それはもう！　事業拡大のためには、綿密な会議が不可欠ですので……！」

アントニオは笑いを浮かべたままうなずき、イタリア語で、

『……未《いま》だに、誰もイタリア語を勉強してくれていないらしい。言い返してくれでもすれば嫌味《いやみ》の言い甲斐《がい》もあるんだがな』

『イタリア語を習え、とあなたが一言言いさえすれば、彼らは寝る間も惜しんで勉強してくると思いますが？』

俺が言うと、彼はそのハンサムな顔に、意地の悪い笑いを浮かべる。

『まあ、このくらいの方が面白くていい。人前でハニーに関する話もできるしな』

『あなたはそればかりじゃないですか。延々と聞かされる俺の身にもなってください』

言うと、彼はクスクス笑って、

『おまえがノロケてばかりいるからいけないんだ。仕返しだよ』

彼はアントニオ・ガヴァエッツリ。三十歳、独身、イタリア人。

このガヴァエッツリ・ジョイエッツロを一族で経営しているガヴァエッツリ家の次男。というこ

とは、世界に名だたる大富豪の子息だ。

まるで神が作った彫刻のように、完璧な美貌《びぼう》。

百九十センチ近い長身。ファッション誌のグラビアを飾っていてもおかしくないような見事なスタイル。

クセのある黒髪を額《ひたい》に垂《た》らした、とんでもない美形だ。

しかしその容姿に反して、その性格は最悪だ。

ガヴァエッリ一族の一員、社長の御曹司《おんぞうし》、そして本社副社長。本来ならローマ本社の副社長室でふんぞり返っていればいい身分だ。

おとなしくイタリアにいればいいものを、去年の十二月、日本支社に異動してきてしまった。今では、日本支社宝石デザイナー室のブランドチーフと、イタリア本社副社長を兼任している。

彼が日本に来て、そろそろ十カ月。

さっさとイタリアに帰るかと思った彼は、すっかり日本支社に馴染《なじ》んでしまった。

それだけでなく……。

アントニオはため息をついて、

『ああ……私も早くハニーを自分のものにして、甘い週末を過ごしたいよ』

言ってから、後ろについてきていた支社長と取締役たちを振り向く。

「さて。土曜日に開かれる会議についてだが……」

土曜日には、たしかイタリア本社と衛星回線を繋《つな》いでのテレビ電話を使った会議が開かれるはず。

「私は、重要な仕事が入って参加できなくなったので、君たちに任せる。パオロ・ガヴァエッリ社長によろしく伝えてくれ」

イタリア本社と気軽に会議ができるという点では便利ではあるが……映像よりも会話が一瞬遅れるというこの会議はとてもまだるっこしくてイライラする。

しかも、本当に重要な会議の時は、アントニオや俺がローマにある本社に出向かなくてはならないことに変わりはない。

そのために、この衛星回線会議をアントニオはとても嫌っている。

……一番嫌うワケは、父親であるパオロ・ガヴァエッリ氏と顔を合わせたくないという点に集約されるような気がするが……。

アントニオの言葉に、支社長は怯《おび》えたような顔をして、

「あの……イタリア本社と会議、ですか？　ガヴァエッリ副社長抜きで……？」

アントニオは、意地の悪い笑みを浮かべながら支社長を見て、

「そうだよ。イタリア語の堪能《たんのう》な君なら、通訳は必要ないだろう？」

「……ふ、副社長……！」

すがるような支社長に、アントニオは話は終わったというように肩をすくめてみせる。

「通訳は、イタリア語が堪能な秘書室のメンバーにでも頼んでくれ。……私はこれで失礼するよ」

ちょうど来た上りのエレベーターに乗り込む。俺は当然同乗するが、支社長と取締役たちはその場に立ったまま、同乗しようとはせずに頭を下げる。

「お疲れさまでございました」

エレベーターの扉が閉まると、俺はため息をついて、

「重要な仕事？　聞いていませんが？」

俺が言うと、アントニオはさっきの意地の悪そうな彼とはまるで別人のように、嬉しそうな笑みを浮かべる。

「週末、西荻窪《にしおぎくぼ》にあるユウタロの家に招待された。これ以上重要なことは、私にはない」

「ああ……大事な部下にいきなり襲《おそ》いかかったりしないでくださいよ」

俺がため息をつくと、アントニオは楽しげに笑う。

「大事な部下のアキヤに、スキあらば襲いかかってばかりいるおまえに言われたくない。……ところで」

彼は、ふとその顔に真面目な表情を浮かべて、時計を覗き込む。

「そろそろ、『セミプレシャスストーン・デザイン・コンテスト』の結果が通知される頃だ

な。もうＦＡＸが来ているかな？」

そのことは、今日一日、俺の頭の中にこびりついて離れなかった。

それは、セミプレシャスストーン・クラブ・インターナショナルという団体が主催するコンテスト。

半貴石を主に扱う業者が、商品開発を目的として始めたコンテストだ。

コンテストの規定がゆるいので、石の種類、大きさ、カットなどに厳しい制限がない。

そのために、出品される作品は、高価な石を使ったオーソドックスな宝飾品タイプのものから、彫刻と呼んだ方がふさわしいような、原石をそのまま加工した大きなものまでいろいろだ。

石の値段が安く、加工もしやすいために、若いデザイナーたちには魅力的な素材。

有名な、ダイヤモンド・デザイン・コンテストや、プラチナ・ギルド・デザイン・コンテストなどよりも歴史はないが、自分の新しい可能性を試せる場として、ジュエリーデザイナーにとても人気のあるコンテストになっている。

……そして。

このコンテストの特徴は、各国でまず第一次予選が行われ、それに通過したデザイナーが、次の地区予選、そしてヨーロッパで行われる世界大会にそれぞれ作品を発表できるという点。

ほかのコンテストでは、デザイナーは最初に一点の作品を描き、そのデザイン画が、国予選、地区予選、世界大会へと勝ち進んで行く。

ある程度まで勝ち進んだその一点のデザイン画だけが、最終的に商品となる。

その作品を作るための費用は、もちろんデザイナーの負担だ。

使った宝石、使った地金、職人に払う加工賃などは、ダイヤモンドやプラチナのコンテストでは、たいていが数百万、高ければ数億円にも上る。

例えば数億円の石を使うデザインを描いてしまったら、コンテストの最終審査に残るにはそれだけの金を出さなければならないということだ。

デザイナー本人がそれだけの金を出せるようなたいへんな大富豪という場合を除き、その費用はデザイナーが所属する会社が負担する。

大きなコンテストの場合、最初のデザイン画に同封する書類に、その費用を負担できるだけの後ろ盾があることを明記しなくてはならない。

そのために、フリーで大きなコンテストに応募できるデザイナーは少ない（自分が金持ち、もしくは富豪のパトロンがいる場合は別だろうが）。

応募できるのは、たいていがある程度以上の大きな企業（もしくはそれだけの費用を出してもいいから優秀なデザイナーを育てたいという気骨のある会社）に所属しているデザイナーに限られてしまう。

だが。このセミプレシャスストーン・デザイン・コンテストは、石の値段や加工賃が安く上げられるために、フリーのデザイナーや小さな企業のデザイナーも応募ができる。

そのために、毎年、とても多くの応募者がある。小さい企業に所属していても優秀なデザイナーはもちろんたくさんいるし、競争率でいえば、たいへんな難関になるコンテストだ。

「おまえ以外のメンバーも、今年は健闘しそうだな」

アントニオは、楽しそうに言う。俺はうなずいて、

「日本支社宝石デザイナー室の実力を考えると、今まで誰も入賞しなかったのが不思議なくらいなのですが……」

俺は、晶也の描いたあのデザイン画を思い出しながら、

「……今回は、本当に誰か入選するかもしれませんね」

「誰か、と言いつつ、おまえの頭の中に浮かんでいるのは、アキヤのデザイン画だろう？」

「……正直に言えば、そうです」

アントニオは、まったく、という顔で肩をすくめてみせてから、ふと真剣な顔になる。

「しかし。その欲目を差し引いたとしても、アキヤの作品はよかったな。今回のコンテストのような傾向は、彼が得意とするものでもあるし」

このコンテストでは、毎年、上品で優美なデザインが優勝、および入賞する。

晶也のデザイン傾向はまさにぴったりなので、今回は俺も晶也の作品に期待していた。

晶也がアントニオに提出したデザイン画のラフは、まさに素晴らしいの一言に尽きた。

希少性の高いインペリアル・トパーズを使用したものだし、とても凝ったデザインだったので、実際の商品を作るのには手間がかかるだろうが……そのデザインが具現化されたところを想像するだけで胸が高鳴るような出来だった。

「本当に、晶也は入賞するかもしれませんね」

俺の言葉にアントニオはうなずき、それから少し心配そうに、

「今回のセミプレシャスストーン・デザイン・コンテストの日本大会で入賞したデザイナーは、二週間後のアジア大会に応募していいことになっている。……まあ、おまえは今回も入賞するだろうが……」

アントニオは、何かを考えるように少し黙ってから、

「セミプレシャスストーン・デザイン・コンテストのアジア大会、もしかしたら世界大会でも、おまえとアキヤが一騎打ち……なんてことになるかもしれないな」

「俺と、晶也が？」

……今まで考えたこともなかったが……。

俺は、少し呆然としてしまいながら思う。

……晶也と俺は、同じジュエリーデザインの道を志《こころざ》している人間同士なんだ。

「それが原因で関係がぎくしゃく……なんてことにならないように、気をつけろよ」

アントニオの言葉に、俺は少しギクリとする。

だが、平静を装って肩をすくめ、

「俺と晶也に限って、そんなわけないじゃないですか」

言うと、アントニオは心配そうに眉を顰《ひそ》める。

「まあな。だが、二人とも、ジュエリーのデザインのことになると人が変わるからな。まあ、そのくらいの気合がないと会社としても困るんだが……」

アントニオは、何かを考え込むような顔で、ため息をつく。

「……個人的には、少し心配かな」

俺は、まさか、と肩をすくめて、そのままその言葉を忘れた。

……あとで、アントニオの心配が当たるとは、夢にも思わずに。

AKIYA　2

僕らは息を殺して、電話が鳴るのを待っている。

そろそろ、あの、『セミプレシャスストーン・デザイン・コンテスト』の結果がFAXで送られてくる頃なんだ。

「うん、ドキドキする！　この緊張感にはなかなか馴《な》れないよなあ！」

隣のデスクに座った悠太郎が言う。

彼は森《もり》悠太郎。美大時代からの親友で、この会社にも同期で入社した。

『あきやはオレが悪い男から守る！』が口癖の、面倒見のいい彼には、いつもとってもお世話になってる。

雅樹と僕の関係は、もちろん会社でもプライベートでも秘密なんだけど……この悠太郎と、そしてガヴァエッリ・チーフだけは知ってるんだよね。

彼はムードメイカーだから、みんなの緊張を解《ほぐ》そうとしてるんだろう。

「ああっ、悠太郎さんが、いつのまにかおれの席を占領してる！」

コピーから帰ってきたのは、隣の席の後輩・広瀬《ひろせ》くん。悠太郎は広瀬くんを見上げて、

「なんだよ、広瀬。おまえはあっちの島に引っ越せば？　あきやの隣は今日からオレの席！」

「どいてくださいよ〜。おれ、三時までに仕様書を提出なんですよ〜」

広瀬くんが困ったように言っている。僕は笑ってしまいながら席を立って、

「悠太郎、ここに座っていいよ。午前中リサーチに出てたから疲れてるんでしょう？」

「うう、あきやは本当に優しいなっ！」

悠太郎は僕の席に移動してきて座り、いきなり僕の腰に両手をまわす。

「え？　……わっ！」

そのままクルンと方向転換させられ、引き寄せられて、僕は悠太郎の膝の上に後ろ向きにストンと腰を下ろしてしまう。

「そしたら、あきやの席はここ！　ああ、ホントに抱き心地がいいんだから！」

僕の腰を抱きしめた悠太郎が、背中に、猫みたいに頬を擦り寄せてる感触。

「……あはは、悠太郎、くすぐったいってば！　離して！」

「いやだよ！　だってあきやの身体はぜーんぶオレのものだもんね！」

「悠太郎ったら、もう……！」

「きゃあー！」

デザイナー室の紅二点、野川《のがわ》さん（二カ月前に結婚したばかりの新婚さんだけど、彼の方が婿《むこ》に入ったから、野川さんは名字が変わらない）と長谷《はせ》さんが、黄色い悲鳴を上げる。

「あきやくんが、悠太郎の膝の上に座っちゃってるー！」

「いやーん。麗《うるわ》しい眺《なが》めだわー！」

笑いながら目を上げると、少し離れたチーフ席から、雅樹が見ているのに気づく。

僕の雅樹は、いつものように、うっとりするほどクールなハンサム……なんだけど、その額にはくっきりと怒りマークが……。

……うわ、やばい……！

昨夜のお仕置きを思い出して、僕は青ざめる。

……相手は悠太郎だけど、雅樹ったら相手かまわず嫉妬するから……！

……もしかして、今も、やきもち妬いてる……？

慌てて立ち上がろうとする僕を、悠太郎がキュウッと抱きしめている。

「悠太郎、離してってば。重いでしょう？」

「重くない！　あきやの抱き心地最高だし！」

「ああ……そこの二人！」

ガヴァエッリ・チーフが咳払いをして、僕らに声をかけてくる。

「お姫様同士でイチャつくんじゃない。見せつけて、私にやきもちを妬かせたいのなら別だが？」

すごくセクシーな流し目で、悠太郎を見る。

「……うっ……！」

悠太郎は呻《うめ》いて僕の身体を離してくれる。僕は慌てて悠太郎の膝の上から立ち上がる。

雅樹の方を横目で見ると、彼はまだちょっと怒ったような顔をしている。

……あんなにクールな美形なのに、やっぱりすご〜いやきもち妬きだ……！

思った時、ガヴァエッリ・チーフのデスクにあるＦＡＸが、着信音を奏でた。

僕らは飛び上がるように反応し、ガヴァエッリ・チーフの姿を目で追う。

彼は手を伸ばしてＦＡＸの紙を取り上げ、それにざっと目を通してから顔を上げる。

その視線は、なぜか僕にしっかりと当てられていて。

「ああ……ミスター・シノハラ。ちょっといいかな？」

真面目な顔で呼ばれて、僕はちょっと青ざめる。

「あ、はい！」

……どうやら発表のＦＡＸじゃなかったみたいだな。

……そうしたら、なんだろう？

……前に出したデザイン画に何か間違いがあって製作部から送り返されてきた……とか？

思いながら、僕は慌てて立ち上がる。

……ガヴァエッツリ・チーフが名字で呼ぶ時は、すごく大事な用事がある場合が多い。

……ってことは、何かお小言を喰《く》らっちゃうのかな？

……うわ、急ぎの描き直しとかだったら面倒かも？

アセッて部屋を横切り、ガヴァエッツリ・チーフのデスクの前に立つ。

ガヴァエッツリ・チーフは、ポケットから出した万年筆で、ＦＡＸ用紙にラインで印を付けていた。

「な、なんでしょうか？」

言うと、彼は、真面目な顔のままでそのＦＡＸ用紙を僕に差し出す。

「……ついにやったな、ミスター・シノハラ」

……ヤバい！　僕、どんな失敗をやらかしちゃったんだろう？

僕は真っ青になりながら、呆然とそれを受け取る。

視線を落とすと、その用紙には、細かい英文で何かが書かれていた。

「……ええと。セミプレシャス……？　え？　これって……？」

表題のところを読んだ僕は、思わず顔を上げる。彼は真面目な顔のまま、

「私が印を付けた箇所を、きちんと見てごらん」

「えっ？　あ、はい……」

ＦＡＸで送られたために画質が荒れ、つぶれてしまいそうなその小さな字を見つめる。

彼が印を付けたのは、二カ所。

そのうち、リストのトップのところ、日本大会の優勝者の名前にラインが引いてある。

そこには、『Masaki Kurokawa/Gavaelli Gioiello』。

……マサキ・クロカワ……！

……雅樹が、今年の『セミプレシャスストーン・デザイン・コンテスト』の日本大会で、優勝したんだ……！

世界的なコンテストでも何度も優勝経験のある雅樹の実力なら、こういう結果は当然といえば当然といえるのかもしれないけど……やっぱり優勝なんて、ものすごい。

僕の心に、喜びと、誇らしい気持ちが湧き上がる。

……ああ、僕の恋人の雅樹は、本当にすごいデザイナーなんだ……。

いつも思ってはいるけれど、あらためて、また思い知ってしまう。

そして、ガヴァエッリ・チーフが付けたラインは、もう一カ所。

そこには、『Akiya Shinohara/Gavaelli Gioiello』の文字。

……アキヤ・シノハラ……？

……ガヴァエッリ・ジョイエッロ……？

……ええ……っ？

僕は、信じられない気持ちで、そのＦＡＸを見つめる。

ここに名前が載ってるってことは……日本大会に入賞したってことで……?

……あの、『セミプレシャスストーン・デザイン・コンテスト』の日本大会に、僕のデザインが……?

僕が目指しているデザイン傾向は、どちらかといえばオーソドックスでクラシカルで繊細な感じ。

だから、最近の流行の骨太な地金だけのデザインや、オーソドックスすぎる重厚なシリーズよりも、パールや半貴石の方がどっちかっていうと得意だ。

だから、僕にとっては、このコンテストは、憧れの賞の一つで。

……しかも……!

載っている場所はすごく離れているけど、恋人というだけじゃなく、ジュエリーデザイナーとしてもこんなに憧れてる雅樹と一緒に、入賞できるなんて。

「……嘘……みたい……」

思わず唇から漏れてしまった僕の呟きに、悠太郎がちょっと心配そうに、

「どうした、あきや?」

「……あ……ええと……」

このコンテストには、宝石デザイナー室の、僕以外のメンバーも応募していた。

ほかのメンバーももちろんだけど、半貴石が大好きな広瀬くんは、特に張り切っていて。

……なんとなく、『入賞したよ！』って気楽には言えない雰囲気かも……？

ちょっと困りながらガヴァエッリ・チーフを見ると、彼は僕の気持ちを察してくれたみたいに、

「ああ……仕事中だが、ちょっといいかな？」

彼の声に、宝石デザイナー室のメンバーが一斉に彼に注目する。

「『セミプレシャスストーン・デザイン・コンテスト』の結果が出た」

その言葉に、メンバーは緊張したようにざわめく。

「優勝は、マサキ・クロカワ。そして、アキヤの作品が佳作に入賞した。あとの諸君は残念だったが、次回に期待しているよ」

「黒川チーフが優勝？　そしてあきやさんが佳作っすか？」

広瀬くんの同期、柳《やなぎ》くんが嬉しそうに叫ぶ。広瀬くんが、

「すごい！　さすが黒川チーフ！　そしてあきやさんだ！　おめでとうございます！」

僕と雅樹は、みんなの歓声とおめでとうの声に包まれる。

嬉しい……というよりは、信じられない気持ちで、僕は目を上げる。

少し離れたチーフ席にいる雅樹と、目が合う。

雅樹は甘い視線で僕を包み込み、それから、おめでとう、というように、優しい笑みを浮かべてくれる。

「あ、あの……おめでとうございます、黒川チーフ」

言うと、雅樹はその黒曜石みたいな瞳で、真っ直ぐに僕を見返してくれる。

「ありがとう。……君もおめでとう、篠原くん」

その低い声は、すごく優しくて。

僕の入賞を心から喜んでくれてるのが、しっかり伝わってきて。

雅樹は、僕を見つめたままで、普段仕事場では見せないセクシーな笑みを浮かべてみせる。

それはきっと、愛してるよ、と心の中で付け加えてくれた合図。

……ああ……。

僕の心臓が、トクンと熱く跳ね上がる。

……周りに誰もいなかったら、今すぐに駆け寄って、何度もキスを交わすのに……！

僕の心に、ゆっくりと喜びが満ちてくる。

……僕、雅樹に、少しだけ近づけたんだろうか……？

思っただけで、嬉しさに身体が熱くなる。

悠太郎が立ち上がって駆け寄ってくる。

「おめでとう、あきや！　やっぱりオレのあきやはすごいよっ！」

キュウッと僕の身体を抱きしめる。

「あ、ありがとう」

悠太郎のお祝いの抱擁がすむのを待ってから、僕は、ガヴァエッツリ・チーフを振り返る。

「おめでとう、ミスター・シノハラ」

彼は言って、僕に右手を差し出す。

「……あ……」

僕は、恐る恐る右手を差し出す。

彼はその大きな美しい手で、僕の右手をしっかり握ってくれる。

「おめでとう」

「……あ……ありがとうございます……」

男と男の握手、って感じのその感触に、僕はなんだかすごく感動してしまう。

「……あの……なんかすごく嬉しいです……」

心の中に、ふつふつと喜びが湧き上がってくる。

雅樹がチーフ席の方から小さく咳払いをする。

……あっ、握手しただけなのに、また……？

僕は慌てて手を引こうとするけど、ガヴァエッツリ・チーフは僕の手をキュッと握りしめる。

ガヴァエッツリ・チーフのハンサムな顔に、ふいにイタズラっぽい笑みが浮かぶ。

「ユウタロが夢中になるのもわかるな。アキヤの肌はなかなか触り心地がいい」

ガヴァエッツリ・チーフは言って、雅樹の方をからかうような横目で見る。

……うわ、雅樹を刺激しないで……！

僕は思うけど、雅樹の眉間《みけん》には、くっきりとタテジワが……。

「あ、このスケベ野郎！　あきやに馴れ馴れしく触るなよお！」

悠太郎が、怒ったように叫ぶ。

ガヴァエッリ・チーフは楽しそうに笑いながら、僕の手をやっと離してくれる。悠太郎に、

「私がほかの誰かの手を握ったので、やきもちを妬いてくれているのか、ユウタロ？」

言って、悠太郎に向かって片目をつぶってみせる。

「それは嬉しいな。愛の告白なら、いつでも受け付けているよ」

「やきもちなんか妬いてないってばっ！　誰が告白なんかするかっ！」

叫ぶけど、頬がちょっと赤いところが……やっぱりやきもちかな？

MASAKI 3

「乾杯をしよう」

俺は言って、シャンパンのグラスを持ち上げる。

ここは、JR中央線沿い、荻窪駅から徒歩十分のところにある晶也の部屋。

築二十年くらいという二階建ての古いアパートだが、大家が美術関係の仕事だというのもうなずけるような、趣《おもむき》のある建物だ。

剝《は》げかけた漆喰《しっくい》塗りの壁には、紅葉した蔦《つた》が絡んでいる。

凝った意匠《いしょう》のベランダの手すりは、外国のアパルトマンを思い出させる。

家賃がとても安い上に、リフォームをしてもいいということで、住んでいるのは芸術家の卵が多いそうだ。

晶也の部屋は、二階の角部屋。

彼はそのセンスを生かして、この部屋を一からリフォームしたらしい。

乳白色のスタッコ塗りの壁。玄関のたたきに張られた南欧風の素焼きタイル。

自分で塗り直したらしいフローリングは、美しい艶《つや》のある飴《あめ》色をしている。

玄関を入った廊下沿いにキッチン、その正面に六畳の居間。襖《ふすま》を開くとやはり六畳の寝室がある。

俺と晶也のいる居間には、晶也のかけた古いボサノヴァが低く流れている。

天井の電気は消され、床に置いたフロアランプの明かりだけが、二人を照らしている。

「乾杯の言葉は、何にしようか？」

俺が言うと、晶也は照れたような顔でグラスを持ち上げる。

「それはもちろん、あなたの、『セミプレシャスストーン・デザイン・コンテスト』日本大会での優勝を祝って」

「それと、君の、コンテスト初入賞を祝して、だね」

言うと、晶也は恥ずかしそうにうなずいて、にっこり笑う。

「入賞おめでとう、晶也。君のデザインは素晴らしかった」

「優秀おめでとうございます、雅樹。あなたのデザイン、すごい迫力でした。優勝したのが当然と言いたいくらい素敵でした」

俺と晶也は言い合って、グラスをそっと触れ合わせる。

「さて」

俺はシャンパンを一口飲んでから、晶也を見つめて、

「もっと別の方法で、お祝いをしようか」

「……うっ……！」

笑いかけてやると、晶也は、いきなりカアッと赤くなる。

「……だ、ダメです、昨夜だってあんなに……っ！」

言いかけて、それ以上言えずに口ごもってしまうところがとても愛らしい。

「あんなに、何？　いったい何を想像しているのかな？」

「……え、あ……いえ、別に、その……」

わざと言ってやると、晶也はさらに恥ずかしそうに、首筋までを色っぽく染める。

「……あの、僕……ええと……」

「ん？　昨夜のことを思い出してしまったの？」

囁くだけで、晶也はその身体をピクンと震わせる。

「俺を、そんなにケダモノのような男だと思っている？」

「……そ、そんなことは……すみません……あの……」

「まあ、君の想像は外れてないけれどね」

驚いた顔をする晶也に、俺は片目をつぶってみせる。

「許されるのなら、君を抱いて、朝までお祝いしたいと思っている」

「……わあ……っ！」

晶也は色っぽく瞳を潤ませ、それから慌てたように畳の上を後ずさる。

「……だ、ダメです！　もう限界です！　だって、昨夜、あんなにたくさん……あ……！」

晶也の背中が壁に当たって、もうそれ以上は後ずされなくなる。

俺は、晶也の頭を挟むようにして壁に両手をつき、晶也が逃げられないようにする。

「ん？　あんなにたくさん……何？」

追いつめられた晶也は、少し怯えたような顔で俺を真っ直ぐに見つめる。

美しい顔に浮かぶのは、男の保護欲をかき立てるような、頼りなげな表情。

だが、その瞳の奥には、どこか誘うような色っぽい光。

「……もう……雅樹のイジワル……」

珊瑚《さんご》色の唇から、甘い甘い囁きが漏れた。俺は思わず微笑んでしまいながら、

……今夜はキスくらいにして、帰った方がいいな。

……仕事熱心な晶也は、きっともう今夜からラフを始めたいと思っているだろうし。

……しかし、俺にはそれは拷問《ごうもん》に近いかもしれない。

ＡＫＩＹＡ　３

つい引き留めてしまいそうな自分を叱《しか》りつけ、僕は雅樹におやすみなさい、を言って送り出した。

……だって、泊まっていってくださいなんて言ったら、今夜も抱き合ってしまいそうで。

……それに。

コンテストに馴れている雅樹と違って、僕はデザイン画を描くのに時間がかかるはず。できるだけ早くに描き始めて、構想をまとめなきゃいけないし。

……と、思ったんだけど。

『……ねえねえ、どんな感じ？』

受話器の向こうから聞こえてくるのは、快活な男の子の声。

『オレ、デザイン画描くの、すっごく上手になってきてない？』

電話の向こうにいるのは、レオン・リーくん。

雅樹を送り出した後、すぐにＦＡＸと電話があって、僕は彼と長話しちゃってる。

彼は、香港《ホンコン》の名家・李《リー》一族の御曹司。

まだ十七歳だけど、すらりと伸びた身体と、端整な顔立ちをした目立つ美青年だ。

見とれるような顔と、凛々しい姿をしているのに、それからは想像もつかないような、無邪気な内面と人なつこい性格をしていて。その辺が、なんだか悠太郎に似ていて（だから宝石デザイナー室の中では『悠太郎・香港版』と呼ばれてるんだけど）。

彼に会ったのはほんの二カ月前なんだけど、僕は彼にはけっこう親しみを感じてる。

レオンくんは、友情を愛情と勘違いして僕を押し倒した（もちろんエッチなことはしてない。今思うと、年上の僕に甘えたかっただけかな？）から、雅樹はレオンくんの名前が出ると頬を引きつらせたりするけどね。

僕は、ＦＡＸの感熱紙をめくりながら、

「うん。本当に格段に上手になってきてるよね、レオンくん！」

それは、僕の本心で。

彼は宝石デザイナーを志望していて、自己流で勉強したという絵はけっこう上手。

だけどちゃんと学校で習ったわけじゃないから、デザイン画としては……言っては悪いけど、めちゃくちゃだった。

だけど、今はロスアンゼルスにある美術学校に通いだしてるし、しかも……。

「宝石《いし》を留めてる爪の付き方とか、ちゃんとしてきてる。石座の構造を、ちゃんと教わったみたいだね。アランさんが教えてくれたの？」

アランさんっていうのは、アラン・ラウさん。香港を出たレオンくんを今預かっているのは彼で、すごい美形の中国系アメリカ人。そして宝飾品業界では知らない者のない、『R&Y』っていう超高級宝飾品会社を経営する若きエグゼクティヴだ。

『うん。アランが教えてくれた……んだよね』

レオンくんは、なんだかちょっと照れたような声で言う。

……レオンくんとアランさん、うまくいってるみたいだな。

僕は微笑ましい気分で思う。

レオンくんとアランさんは香港では有名な名家同士で、幼馴染みだったらしい。

その後アランさんはアメリカに渡って帰化したし、レオンくんはそのまま香港にいたし……でしばらく交流が途絶えていたみたいだけど……。

実は、アランさんは、弟みたいに思ってたらしいレオンくんのことをずっと気にしていて。

レオンくんは、（恥ずかしがって認めたがらないけど）恋人になりたかったんであろうアランさんのことをずっと想ってたみたいで。

彼らが再会したのは、二カ月前。香港でのことだったらしい。

香港で、雅樹も参加した、あるデザインのコンペティションがあって。

香港でも有数の名家・李一族（レオンくんの一族だ）が所有する、『李家の翡翠《ひすい》』。門外不出と言われたその石を、李一族は売りに出すと言い始めたんだ。

その翡翠は、宝石図鑑で写真を見ることしかできない、マニア垂涎《すいぜん》の的《まと》で。

だから、世界中の宝飾品会社がどうしてもそれを買い取りたいと必死になっていて。

李一族が、そのコンペに参加するのを認めたのは、アランさんの経営するR&Y、フランスの老舗のヴォー・ルー・ヴィコント、そして、ガヴァエッリ・ジョイエッロ。

雅樹は、ガヴァエッリ・ジョイエッロの代表として指名されたんだ。

まあ、紆余曲折《うよきょくせつ》はあったんだけど、結局は雅樹がそのコンペに勝った。

雅樹の優《すぐ》れたデザインが認められ、ガヴァエッリは、『李家の翡翠』を買い取る権利を手に入れた。

……実は。

李一族は、財産を使い果たし、没落寸前でアメリカに移住するところだった。

有名な『李家の翡翠』も、売り払うつもりでコンペに出されたんだ。

『李家の翡翠』が手に入るならいくらでも出すという大富豪は世界中に何人もいたはず。彼らにその商品を売れば、ガヴァエッリには莫大《ばくだい》な利益が出るはずだった。

多分、ガヴァエッリ・チーフの実のお兄さんで副社長のマジオ・ガヴァエッリ氏（ガヴァエッリ・チーフとすごく仲が悪くて、日本支社デザイナー室を目の敵《かたき》にしてる人・汗）は、翡翠を香港店に展示した後、どこかの金持ちに売るつもりだったんだと思う。

だけど、香港に住む中国人の誇りともいえた、歴史に残る『李家の翡翠』を売り払うことは、李一族だけではなく、香港の人々にとって、すごくつらい選択だったに違いなくて。

そのコンペの結果発表の席には、たくさんのマスコミが集まってきていた（それだけでも、その翡翠がいかに人々から愛されたものだったかがうかがえた）。

そのマスコミの前で、雅樹は、ガヴァエッツリ・ジョイエッロは、李家の翡翠を大切に預かるだけでどこかに売り払うつもりはない、と発表した。

李一族が香港に再び帰る日には、ガヴァエッツリ・ジョイエッロは『李家の翡翠』をきちんとお返しするつもりだ、って。

それは、李一族と、統治下でがんばってきた香港の人々に対する敬意の表れ。

その時の様子は世界中のニュースで放映され、人々の感動を呼んだ（ついでに、あの美形デザイナーの名前を教えて、とローマ本社にミーハーな問い合わせが殺到したらしい・汗）。

当主を失って没落か、と思われていた李一族の人々は、雅樹の言葉に勇気づけられて、アメリカで新しい事業に着手し、再び李一族が栄華を極める日を夢見ているらしい。

守銭奴《しゅせんど》（ってガヴァエッツリ・チーフが言ってたんだけど・汗）のマジオ・ガヴァエッツリ氏は、翡翠のことでさらに日本支社への恨みを深くしたという噂もある。

だけど、ガヴァエッツリ・チーフは雅樹の言葉に満足げにうなずいていたし、日本支社宝石デザイナー室のみんなも大喜びしていたし、僕はその選択をした雅樹に……惚れ直した。

それ以来、僕は雅樹に対する憧れをさらに強くして。

李一族の跡取りのレオンくん、R＆Y社のアランさんとも仲良くさせてもらってて。

レオンくんは、ジュエリーデザイナーになって『李家の翡翠』を自分のデザインしたジュエリーにはめ込みたい、って前からずっと思ってたらしい。

だけど、香港でただの不良お坊ちゃまをしていた彼には、絵の基礎すらなかった。

今は、レオンくんは一族のみんなと離れて、ロスアンゼルスのアランさんの家に居候《いそうろう》してる。

そこから、美術の専門学校に、けっこう真面目に通いだしたらしい。

そして、上手に描けたデザイン画があると、僕にＦＡＸで送ってきて……細かい講評を求めるんだよね。

「……しかし、本当に上手になってきたよね」

僕は、ＦＡＸを見返しながら言う。

「レオンくん、もともと美術の才能があるんだよ、きっと」

『わーい、ホント？　アキヤにそう言われるなんて、嬉しすぎ！』

レオンくんは電話の向こうではしゃいだ声を出す。

……見かけはけっこう大人っぽいんだけど、こんな声を出すと、やっぱり十七歳だよね。

僕は微笑ましい気分で思う。

『……レオン。アキヤか？』

レオンくんの後ろで、低い声がする。

『あっ！　アラン！』

レオンくんが急に大声を出し、なんだか照れたように、

『くっ、来るなよおっ！　アキヤはオレと話してるんだぞっ！』

乱暴な言葉に似合わない、なんだか照れたような声。

……レオンくんは、アランさんが本当に好きなんだなあ。

僕はなんだか微笑ましい気分で思う。

……なんだか日を追うごとにラヴラヴになっていっているような気がする。

『……レオン、アキヤに今週末の話をした？』

『……い、今言おうと思ってたとこだってば！』

少し遠くで会話があってから、レオンくんの声が大きくなる。

『あのね。今夜電話したのは、デザイン画のことのほかにもう一つ用事があったからなんだ！』

「用事って？」

『昨夜、アランが電話したでしょう？　近々日本に行く用事があるかもしれないって』

「あ……うん」

……その電話に出たおかげで、雅樹にイジメられたんだよね。

僕は、雅樹からされたイジワルなことを思い出して、一人で赤くなる。

『今週末、アランが珍しく休みが取れたんだ！　日本に行くよ！　オレも一緒に！』

「え？　レオンくんも？」

『うん！　アキヤにも会いたいし！　時間取ってくれる？』

「あ、うん、もちろんだよ」

『よかったー。それじゃ、週末に！　あ……ちょっと待って。アランが代わりたいって！』

受話器を受け渡す音がする。

『……やあ、アキヤ』

この声は、アラン・ラウさん。

すごい美形の中国系アメリカ人。

その美貌に似合った、受話越しでもすごい美声だ。

「こんばんは、アランさん。あ……昨夜は急いで切ってしまってすみませんでした」

僕は、昨夜のことを思い出して赤くなりながら言う。

そう。やきもちを妬いた雅樹が、話してる僕にイケナイいたずらをしかけてきて。

思わずエッチな声を出してしまいそうになった僕は、慌てて切っちゃったんだよね。

「ああ……いや、こちらこそ、忙しい時間に電話をしてしまってすまなかったね』

アランさんは、なんだかすごくセクシーな感じに笑う。

もともと彼の話し方は静かでセクシーなんだけど……なんとなく、何をしていたのか気づかれたような気がして……僕はますます赤くなってしまう。

アランさんは、ふいに真面目な声になって、

『「セミプレシャスストーン・デザイン・コンテスト」の結果を見たよ。日本大会では、君はついに受賞したみたいだね』

彼の声に、僕の心に嬉しさが甦《よみがえ》る。

「……そうなんです。マグレだとは思うんですけど……」

『マグレではない。君の実力なら当然だよ。そろそろ君に追い風が吹き始める頃だと思っていたんだ。……おめでとう』

嬉しくて、頬が熱くなってしまう。

「あ……ありがとうございます」

『優勝は、君の上司の黒川氏だったね』

「そうなんです！　黒川チーフの実力ならきっと、と思っていましたが、やはり優勝でした」

『とても嬉しそうだ。……君に一方的に憧れている私としては、少し妬けるな』

アランさんの、冗談だか本気だか判らない静かな口調に、僕はどぎまぎする。

「あ、アランさん、あの……レオンくんがいるところでそういう冗談は……」

……レオンくんは、あなたに憧れてるのに……。

アランさんは、電話の向こうでクスリと笑い、

『冗談ではないと言っているのに。……それに心配しなくてもレオンはさっさと自分の部屋に戻った。今頃は旅行の準備だろう』

……それならいいけど……。

『それに、レオンには少しくらいやきもちを妬かせた方がいいんだ。香港では李家の御曹司として顔が知られすぎて若者に遠巻きにされていたが、ロスに来たら男女ともにモテまくってしまっていて……』

アランさんが、心配そうにため息をつく。

……あれ？　アランさんも、まんざらでもなくなってきてるのかな？

僕は、なんだか微笑ましく思ってしまう。

「レオンくんはルックスも格好いいですし、とても人なつこい性格ですから。モテて当然ですね」

『しかも警戒心のない跳ねっ返りなんだ。ここは香港ではないのにね』

アランさんは憂《うれ》えているようなため息をついてから、声を明るくして、

『週末には君に会える。楽しみにしているよ』

……アランさんとレオンくんコンビを久々に見るの、僕もけっこう楽しみかも……！

＊

「……さて！」

僕は、ベッドルームにあるデザインデスクに向かいながら、呟く。

「……さっき、雅樹とお祝いをしちゃってサボってた分、がんばらなきゃ！」

会社に持っていっている鞄《かばん》から、クロッキー帳を取り出す。

半貴石を使う宝飾品は、日本以外のアジアの国の方が歴史が古い。

今回の、『セミプレシャスストーン・デザイン・コンテスト』のアジア大会に参加するのは、日本以外では、中国、韓国《かんこく》、香港、タイのはず。

半貴石を使った宝飾品では、どの国も、日本よりも歴史が古い。

……だから、きっとレベルも高くて。

……日本大会で入賞したくらいで安心してるわけには、いかないはずで。

……僕なんか、どんなにがんばっても、全然相手にならないかも……。

怯えた気分に落ちていきそうになって、僕は慌てて、プルプル、とかぶりを振る。

……そんなこと思っちゃダメだ！

……僕は、あのマサキ・クロカワと同じ、ガヴァエッリ・ジョイエッロの社員なんだ！　同じ会社の僕がダメなデザインを描いてしまったら、『ガヴァエッリのデザイナーで優秀なのはどうせマサキ・クロカワだけだ』とか世間に思われてしまいそうで。

……雅樹や、日本支社デザイナー室のみんなに恥をかかせないためにも、人々が驚くような、すごいデザインを描かなきゃダメだ！

……雅樹や、ガヴァエッリ・チーフや、デザイナー室のみんなが応援してくれてるし、アランさんやレオンくんにもがんばってって言ってもらったし！

「……がんばらなきゃ……！」

日本大会では、実際の商品を作っての審査はない。だけど、アジア大会と世界大会は、描き上がったデザイン画と実際の商品の両方を提出してそれを審査してもらう。

例えばダイヤモンド・インターナショナル・コンテストなんかの大きなコンテストは、一枚のデザイン画が、国内の第一次審査、それに受かったら地区大会、世界大会まで進んだらそのデザイン画をもとに商品を作って最終審査に提出って形になってる。

でも、すでに商品として売り出されているものをコンテストに出品する会社も多いこの『セミプレシャスストーン・デザイン・コンテスト』のアジア大会では、デザイン画と商品を同時に提出するというちょっと特殊な形式になっている。もう商品がある場合は、デザイナーがその商品を見ながらコンテスト用のレンダリングを描けばいい。

帰り際に、会社の資料室に寄って、『セミプレシャスストーン・デザイン・コンテスト』世界大会の、過去の優勝作品の写真をカラーコピーしてきた。

歴代の世界大会の優勝作品の中には、ガヴァエッツリ・チーフがデザインしたものが二点、雅樹のデザインしたものも二点入ってる。

この二人はいろいろなコンテストに代わりばんこに応募してる（「優勝を目の前でさらってしまっては悪いから」だそう。二人でそう言い合ってるところが、いいライバルなんだろう）。

だって、有名な実力派の二人は、出せば優勝しちゃう、って感じで。

……やっぱり、ガヴァエッツリ・チーフも、雅樹も、本当にすごいデザイナーなんだな。

僕の心に、あらためて雅樹に対する畏敬《いけい》の念が湧いてくる。

……僕みたいな駆け出しデザイナーが、世界的に有名な雅樹みたいな人と並んで応募しようなんて、あまりに僭越《せんえつ》なんじゃないだろうか？

思ったら、デザイン用のシャープペンシルを握った手が、カチンと固まったみたいになって動かなくなる。

……ダメ、ダメ……！

僕はまたプルプルとかぶりを振って、気分を変えようとする。

……自分は自分！　人と比べて卑下《ひげ》してちゃ、描けなくなっちゃうじゃないか……！

そう思った時、鞄の中から、携帯電話の着信音が響いた。

僕はそれを取り出し、相手が雅樹であることを確認して、通話ボタンを押す。

「……はい、篠原です」

『晶也？』

僕の心臓が、雅樹の美声を聞いただけでトクンと一つ高鳴る。

「今、お家に到着したんですか？　けっこうかかりましたね」

『少し前には着いていた。君の、部屋の電話の方にかけていたんだが、ずっと話し中で』

「ああ……すみません、アランさんと長話してしまってたんです。今週末、アランさんは日本に来るらしくて……あ……！」

僕は言ってから、晶也の沈黙に気づく。誤解されないように、慌てて、

「アランさんだけじゃなくて、レオンくんもですよ？　せっかくだから会おうってことになるかもしれませんが、それはデートじゃありませんよ？」

『……ふうん』

雅樹の声は、なんだか不機嫌そうで。

……雅樹ったら、本当にやきもち妬きなんだから！

「……もう！」

僕はついつい吹き出してしまいながら、

「そんなに大人っぽいハンサムなのに、そんなふうに怒ったりして、なんだか子供みたいです。僕のすべてが誰のものだか、わかっているくせに」

言うと、雅樹はまだ釈然としない声で、

『アラン・ラウも、レオン・リーも、どちらも君に恋したことのある男だ。君はいつでも無防備で、いろいろな男が君に恋をして……』

「……そんなことを言うために電話してくださったんですか？　ほかに言うことは？」

雅樹はムッとしたようにしばらく黙る。それからついに吹き出して、

『わかったよ。……愛してる、晶也』

彼のその言葉は、いつでも僕の心と身体をふわりとあたためてくれるんだ。

「……愛してます、雅樹。僕のすべてはあなたのものです」

囁くと、雅樹はなんだかすごくセクシーに笑う。

『今夜は別々だから、それを証明してもらえないのが残念だけどね』

その言葉に、僕の心にチラリと寂しさがよぎる。

……そうだよね、ラフを描く作業さえなければ、一緒にいてもよかったはずで……。

雅樹も同じことを思っていたのか、ふいに真面目な声になる。

『デザイン画の方は、きちんと進んでいる？』

「あ……ええと……ちょっと、まだ……」

『せっかく俺が、君をあきらめて帰ってきたのに？』
「わかりました。あなたのご配慮に感謝して、がんばります」
『がんばって。でも、睡眠はきちんととるんだよ。一時には寝ること。いい？』
彼の優しい声に、心がふわりとあたたかくなる。
……本当に、気を散らしたりしていないで、がんばらなきゃ……！
思ったけど、僕はついつい三時まで夜更《よふ》かしをしてしまった。
だけど、コンテスト用のデザインは難しくて、結局一枚もまともなのができず……。

MASAKI　4

「……ミスター・クロカワ、ミスター・シノハラ」

アントニオの声に、俺はチェックしていた書類から目を上げる。

「少々話がある。二人とも、ミーティングルームへ」

アントニオは立ち上がり、デザイナー室の隅にあるドアを指さす。

そして、振り向きもせずにさっさとミーティングルームに向かって部屋を横切って行く。

見ると、晶也は、なんでしょうね？　というように俺の顔を見返してくる。

そのまま見つめてやると、フワリとその頬を染める。

「……あっ、朝から熱く見つめ合う二人を発見よ、長谷ちゃん！」

野川の声に、長谷は慌てて顔を上げ、

「……あきゃくんったら、頬染めちゃって！　ホントに黒川チーフに夢中なのね！」

二人にからかわれて、晶也は苦笑しながら、

「もう。二人とも、朝からそんなことばっかり言って！」

言うが、彼の頬は、恥ずかしげにさらに赤くなっている。

……まったく。俺の晶也は、今朝も本当に可愛《かわい》いな。

思いながら、俺はミーティングノートを持って立ち上がる。

……アントニオは、昨夜から、コンテスト用の商品製作に関することを本社に照会していたはず。多分、話とはそのことだろう。

晶也は軽い足取りでデスクの間を縫って歩き、俺の隣に並ぶ。

頬を赤くしたまま、横目で俺を見上げる。

あなたが僕を見つめるから悪いんですよ、とでも言いたげな拗《す》ねたような視線に……図《はか》らずも、俺の鼓動は速くなってしまう。

……まったく。そんな目をすると、ますます色っぽいのに。

俺は笑ってしまいながら、ミーティングルームのドアを開ける。

晶也の背中に手を置いて先に通してやると、野川と長谷からまた黄色い悲鳴が上がった。

「きゃ～、レディー・ファストよ～！」

「ホント！　さすが黒川チーフね！」

「う～、一緒にコンテストに応募するからって、ますます仲が良さそうでなんか悔《くや》しい！」

悠太郎が、自分の席から叫んでいる。

密室で晶也に何かしたら承知しないぞ、という顔で、俺に拳《こぶし》を振り上げてみせる。

俺は、さあ、どうなるかな？　という意味で肩をすくめてみせ、そのままミーティングルームに入って後ろ手にドアを閉める。

「……さて」

ミーティングルームの一番奥の折り畳みイスに、アントニオが腰掛けていた。たいした用事ではないだろうと思ったのだが、彼の顔は意外にも真剣だった。

俺と晶也は、彼からミーティングデスクの角を挟んだところに並んで座る。

「本社から、コンテスト用の資金を出すことを約束させた。主石、脇石を含む石代、地金代、職人に支払う工賃、特殊な加工がある場合には加工賃。残業手当を少々。最終的にアジア大会でも入賞もしくは優勝した場合には、受賞パーティーがあるソウルまでの飛行機運賃。以上だ」

「……あの……」

俺の隣の晶也が、少し混乱したような声で言う。

「……ん？　どうした、アキヤ？」

「会社の商品部にある石の在庫を使って、社内の職人さんにお願いするんだと思ってました。会社が製作費を出すってことは、違うんですか？　それともただ帳簿上の意味ですか？」

「まあ、社内の在庫処分ですめば、節約ができてマジオは大喜びだろうが……」

アントニオは可笑しそうな顔で俺の顔を見て、

「……いつも、それではすまないな、マサキ。おまえが贅沢《ぜいたく》なせいだぞ」

「贅沢なのはあなたの方でしょう？　この間のコンテスト用のダイヤを仕入れるのに、いったいいくら使ったんです？」

アントニオは、ひょいと肩をすくめてみせて、

「マジオが腰を抜かすくらいかな？　だが、結局、すぐに買い手がついた。仕入れ値の倍は取れたので、マジオは大満足だったらしい。……まったく人のデザインで金儲《もう》けをするなんて……」

実の兄であり、もう一人の副社長であるマジオ・ガヴァエッリと犬猿の仲であるアントニオは、彼の顔を思い出したのか、不愉快そうに眉をしかめてブツブツ言う。

「というわけで」

俺は、きょとんとしている晶也を振り返って、

「外の宝石業者の在庫で気に入った石があれば、それを買い取ってかまわない。値段に制限はない」

「えええっ？」

「それくらいしてもらわなくては、わざわざガヴァエッリに居座る理由がないからね」

俺が片目をつぶってみせると、晶也は頰を紅潮させ、その美しい手を胸に当て、

「わあ。すごい石が使えるかもしれないと思っただけで、ドキドキしてきてしまいました」

その初々《ういうい》しい言葉に、俺とアントニオは思わず微笑んでしまう。アントニオが、

「いいなあ。知らんぷりで五千万円の請求書を回してくるマサキとは大違いだ」

「……ご……五千万円……？」

「あなたの使ったあのダイヤは、石代だけで六千万円はした気がしますが？」

「……い……石だけで……？」

晶也は、失神しそうな顔をしている。アントニオが笑いながら、

「ともかく。コンテストは会社の宣伝、作品の製作費は宣伝のためのＣＭ製作費とでも思ってくれていい。そのかわり、いいデザインを描いて、『ガヴァエッリ・ジョイエッロのデザイナーはすごい、彼らの作った作品は素晴らしい』と世間に知らしめてくれ」

「……世間に……？」

「今回、君はマサキとともに、ガヴァエッリ日本支社宝石デザイナーの代表ということになる。がんばってくれ」

晶也は、緊張を通り越して、怯えたような顔になる。

「……僕には、そんな実力は……」

俺は、隣に座っている晶也に向き直り、彼の肩に手を置く。

「大丈夫。篠原くんの実力ならじゅうぶんだよ。初めての入賞が、遅すぎたくらいだ」

「……雅……黒川チーフ……」

晶也は、すがるような潤んだ目で俺を見上げてくる。

……これは……そうとう緊張しているようだな。

俺は、晶也の華奢《きゃしゃ》な肩を、キュッと摑《つか》んでやる。

「俺も一緒だよ。精いっぱいがんばればいいんだ」

彼が笑ってくれるのを期待して言うが、なぜか晶也は、さらに怯えたような顔になる。

「……黒川チーフ……でも……」

「どうかした？　何か気になることでも？」

少し心配になって彼の顔を覗き込むと、晶也は何か言いたげに唇を震わせる。

……どうしたというんだ……？

俺は、晶也が何か言ってくれるのを待つが、晶也はふと俺から目をそらす。

「……いえ……なんでもないんです」

それから、いつものように美しい笑みをその顔に浮かべる。

「……あんまり金額が大きくて、ちょっとびっくりしてしまいました」

その言葉に、アントニオが楽しそうに笑う。

「いいな。マサキにもそんな初々しい時代が……なかったな。最初から不遜《ふそん》な新人だった」

「ローマ本社の老齢のデザイナーに聞いたことがあります。あなたは入社したその日から不遜で生意気で、どこの王子様が来たのかと思った、と」

「ガヴァエッツリ家はもともと王族だった。ということは、私は本物の王子様だ。不遜というのとは違う。……不遜なのはおまえのことだよ。ローマ本社の全員が怯えているあのマジオと、いきなり対等にやり合ったしな」

俺とアントニオのやりとりに、晶也がやっと笑ってくれる。

「お二人の新人時代って想像つきませんでしたけど……今のままだったんですね」

「だから、私の場合は……まあいいか」

アントニオは大袈裟《おおげさ》にため息をつき、それからふと真面目な顔になる。

「肝心な話をし忘れるところだった。二人が同時に作品を作ることで、一つ、問題が生じたんだ」

「なんですか？」

俺が聞くと、アントニオは何かを思い出したように不愉快そうに眉を顰める。

「あの守銭奴で意地悪なマジオが、ローマ本社の職人は手を貸せない、と言ってきた。商品を仕上げるので手いっぱいだとね。……まあ、まんざら嘘でもないところが憎たらしいというか」

「ええと……それは……どういうことですか？」

晶也が、身を乗り出して聞く。

「ガヴァエッツリ・ジョイエッロは、世界中に支社のある会社だが、デザイナーと職人を抱えているのは、ローマ本社とこの日本支社だけだ」

「……あ……！」

晶也が、何かに気づいたように声を上げる。アントニオはうなずいて、

「日本支社にいる職人のほとんどが、彼らに比べればまだ修業中の段階。超高額品やコンテスト用の特殊な技法を使ったものなどは、ほとんど作った経験がない。今、日本支社の職人でそういう技術を持っているのは、この間本社から赴任《ふにん》してきたイタリア人のチーフただ一人。だが、コンテストまでの一カ月で、彼が二つも作品を仕上げるのはまずムリだ」

晶也の白い顔が、みるみる青ざめる。

「今まで、コンテスト用の作品は、ローマ本社にいるベテランの職人たちに頼んできた。だが、今回はマジオの妨害で彼らは使えない。職人頭《がしら》に直接話をしてみたが、マジオの差し金で仕事を山のように入れられていて……本当に身動きのとれない状況らしい」

……また、マジオ・ガヴァエッツリの妨害か……？

「そして、製作課のチーフは、以前にも作品を作ったことのある、マサキのデザインを担当したいと言ってきたんだ」

……それでは、晶也のデザインの製作を担当するのは……？

呆然とする晶也に、アントニオは勇気づけるようにして、

「私が、君のデザインを具現化できるような腕のいい職人を探すから、心配しなくていい。

思い切りすごいデザインを描いてくれていいよ」

言うが、アントニオの目は、俺の視線を捉《とら》える。

それほど腕のいい職人を探すのは、本当は至難の業《わざ》だ、とアントニオの目が訴えてくる。

……今回のコンテストは、いつにも増して前途多難な予感がする……。

＊

終業後。

心なしか消沈していた晶也は、ラフを描きます、と言って素早く帰ってしまった。

「まったく！　マジオのやつ！」

部屋の中を歩き回っていたアントニオが、デスクを手のひらで叩きながら叫ぶ。

「アキヤのあの美しいデザイン画を忠実に再現できるような職人が、世界中にいったい何人いると思ってるんだ？　しかも、他社の専属の職人の手を借りられるわけがない！　フリーの職人でだぞ？　ローマ本社の職人頭なら、なんとか使えると思っていたのに！」

俺は、自分のデスクに座ったまま、一枚の名刺を取り出してそれを見つめている。

それは、香港の李家の屋敷で渡された、アラン・ラウの名刺。

……ライバルに助けを求めるのは癪《しゃく》だが……。

俺はため息をついて、デスクの上の受話器を見つめる。

……今は、そんな意地を張っている場合ではないかもしれない。

……コンテストに勝ち残るためには、半端な出来の作品は許されない。

……そして、晶也のデザイン画を、半端な職人に任せるわけにはいかない。

俺の脳裏には、ある一人の職人の名前が、浮かんでいた。

……彼しか、いないかもしれない……。

「ガヴァエッリ・チーフ。一人だけ、心当たりがあるのですが」

言うと、アントニオは勢いよく振り向いて、

「誰だ？　工賃ならいくらでも出すぞ！　言ってみろ！」

俺は少し迷ってから、

「ミドウ・キタガワ。……喜多川御堂《きたがわみどう》……では？」

言うと、アントニオは呆気《あっけ》にとられた顔で口を開ける。

「ミドウ・キタガワ？　最近、世界中の技術コンテストで優勝を総なめにしている？」

「そうです」

アントニオは、手で顔を覆《おお》ってため息をつく。

「頼めるものなら頼みたいさ。しかし彼の連絡先も、仕事場も、知っている人間は少ない。今どこの国にいるのかも、想像がつかない」

「彼の居場所を知っているかもしれない人間を、一人知っています」

「何？　誰なんだ、それは？」

俺は、指先で弄《もてあそ》んでいた名刺を、アントニオに見えるようにかざしてみせる。

「……R&Y社のアラン・ラウ？　彼とミドウ・キタガワが知り合いなのか？」

「アラン・ラウ本人に確かめたわけではないのですが」

アントニオはいぶかしげに眉を顰める。

「じゃあ、どうしてそれを……」

「アラン・ラウが経営するチャイニーズ・レストランに足を運んだ時、その店のマネージャーが言っていました。『宝石関係の方だと、有名な喜多川御堂さんという方が、オーナーと一緒にいらっしゃいました』とね」

「なるほど。それなら決まりだ」

アントニオは言い、いきなり俺のデスクの上の電話の受話器を取り上げる。

それを俺の目の前に差し出しながら、

「さっさと電話しろ。ライバルだとかなんとか言って、迷っている場合ではないぞ」

俺はため息をつきながら、受話器を受け取る。

「喜多川御堂と連絡をとってもらえるとは限りませんが。喜多川御堂は、R&Yがスカウトしようとして狙っているのでしょうから」

俺は言いながら、国際電話をかけるための001、そしてアメリカの国ナンバー、それから、名刺にあるナンバーをプッシュする。

香港で、アラン・ラウがくれた名刺は二枚。

一枚は、『R&Y』の社名がある公式のもの。

そしてもう一枚のこれは……どうやらプライベートなもののようだ。

回線が繋がるノイズが聞こえ、続いて受話器の向こうで呼び出し音が鳴る。

忙しい彼は家になどいないだろうか？　と思い始めた時、受話器の上がる音がした。

俺は、アラン・ラウの低い声が聞こえるのを待ち……、

『はい！　リ……じゃなくて、ラウです！』

突然、癖のある英語で聞こえてきた、若い青年の声に驚いてしまう。

『もしもし？　もしもーし？　誰？』

相手の話し方は、使用人のようではまったくなかった。

……しかも、どこかで聞いたことがあるような……？

「……あ……」

……そうだ、この声は……。

「君は、レオン・リーくん？」

思わず言ってしまうと、相手は驚いたような声で、

『そうだけど……あ、その俳優みたいなすごい美声、どっかで聞いたこと……あ！　あなた、アキヤのダーリンのクロカワさん？』

「そうだよ。久しぶりだね、レオンくん」

『う、わー、久々！　っていうか、あなたがアランのプライベートの電話番号にかけてくるなんて、なんか意外！　あなたたちってもしかして仲良し？』

「いや……このナンバーにかけさせてもらうのは初めてだが……」

『わかった、今週末の打ち合わせだね？　ちょっと待ってて！』

レオンくんは言って、そのまま受話器が置かれる音。

遠くで、アランを呼ぶ声、何かを話す声に続いて、近づいてくる足音。

『……はい』

受話器の向こうから聞こえたのは、聞き覚えのある低い声。

「突然のお電話で失礼します。ガヴァエッリ・ジョイエッロの黒川雅樹です」

『お電話ありがとうございます。R&Yのアラン・ラウです』

俺たちは、まるで初対面のように形式張った挨拶《あいさつ》をする。それから、アラン・ラウが、

『ちょうど、週末のことでアキヤに電話をしようと思っていたところです。来日するので、彼とデートをする予定なのですが。……そのことを彼から聞いていますか？』

相変わらず感情の判らない静かな声で言って、俺の反応を待つように少し黙る。

「デートではなく、あなたとレオンくんと三人で会うだけだ、という話は聞いています」

言うと、アラン・ラウは可笑しげにクスクス笑う。

『クールな世界的デザイナー、マサキ・クロカワが嫉妬する場面を期待したのですが』

「ご期待に添えなくて申し訳ありません。……ところで、一つお伺いしたいことがあって、失礼を承知でお電話したんです」

俺は、長話をしても仕方がない、と深呼吸をして、用件を切り出す。

「ミドウ・キタガワという職人さんの連絡先を、ご存じないでしょうか？」

受話器の向こうで、彼が驚いたように息をのむ。

『どうしてその方の連絡先を、私が知っていると思うのですか？』

「さる、目撃情報からです」

あの人のいいマネージャーが口を滑らせた、と告げ口する必要はないだろう、と思いながら俺は言う。

『……あなたが彼の行方を探しているのは……アキヤが、「セミプレシャスストーン・デザイン・コンテスト」のアジア大会に進出することと、何か関係が？』

勘のいいアラン・ラウは、ズバリと聞いてくる。

「そうです。実は、ガヴァエッリの方で手の空いている職人が一人しかいなくて。その職人は、俺がコンテストに出品する作品をよく担当している人間ですので、仕事をするのなら俺のデザインを、と言ってきています」

『では、アキヤの作品は……？』

「彼の作品を具現化できる職人を探しています。ミドウ・キタガワの連絡先を教えていただけないでしょうか？」

アラン・ラウはしばらく考えるように黙り、それからフッと苦笑を漏らす。

『なんて人だ。アキヤのためなら私がどんなことでもせずにいられないのを、あなたは察しているのでしょう？』

「……違うとは言えませんね」

『わかりました。週末に彼を紹介します。彼は、実は今、東京に住んでいるんですよ』

＊

俺とアラン・ラウは、西新宿《しんじゅく》にあるピークハイアットホテルのラウンジで待ち合わせていた。

窓から見渡せる晴れた東京の景色。

高い天井と、植えられた竹が、落ち着いた雰囲気を醸《かも》し出している。

早めに到着してソファに座っていた俺の視界に、すらりとした男の姿が入ってきた。

二カ月ぶりに見るアラン・ラウは、相変わらず見とれてしまうような美しい男だった。

上品に整った顔、艶のある黒い髪、そして最上級の翡翠色の瞳。

立ち上がった俺に気づき、アラン・ラウはにっこりと笑みを浮かべて歩み寄ってくる。

「お久しぶりです、黒川さん」

「お久しぶりです。今日はわざわざありがとうございます」

「どういたしまして。香港では本当にお世話になりましたから」

アラン・ラウはにっこりと笑って俺に手を差し出す。

「あらためて、コンペに勝ったあなたのデザインは本当に素晴らしかった」

俺は彼の手を握り返しながら、

「とんでもない。こちらの方こそ、Ｒ＆Ｙ社のデザイナーの実力に舌を巻きました」

俺とアラン・ラウは、挨拶というには長すぎる時間、強い視線で見つめ合う。

そして手を離し、ソファに隣り合わせに座る。

「ミドウ・キタガワも、そろそろ来ると思います。彼のご機嫌がよければ、ね」

アラン・ラウは言い、近づいてきたウエイターにコーヒーを頼む。

「ところで。アキヤは元気ですか？」

彼の美しい翡翠色の瞳の中には、未だ何かを挑んでくるような光がある。

「しょっちゅう、電話で話しているでしょう？」

言うと、彼は真意の測れない顔で俺の顔を見つめて、

「アキヤは、あなたにすべてを話しているんですね。ということは、私に会うことにやましい気持ちは……」

「少しもないのでは？」

言うと、アラン・ラウはいきなりクスリと笑って、

「先日電話をした時、アキヤの声が少し甘くかすれていた。もしかして……」

「俺と一緒に、ベッドの中でした」

「ああ……」

アラン・ラウは、どこか寂しげな顔で苦笑する。

「聞くのではなかった。私と話しているからあんな声を出してくれたのかと、少し期待していたのに」

……レオン・リーの登場で、完全に晶也をあきらめてくれたのではないかと、実は期待していたんだが……。

俺は内心ため息をつく。

……まだ、彼は晶也のことを……？

「まだ、傷心を癒《いや》すためのリハビリ中なのです。アキヤは本当に容赦なく私の心を奪ってしまいました」

俺の考えを読んだかのようなタイミングで言う。

「ところで、あの李家のワガママお坊ちゃま、レオンくんは元気ですか?」

言うと、彼の顔にまるで父親か兄のように優しい笑みが浮かぶ。

「元気ですよ。私の心を振り向かせる、と言いながらアキヤのことばかり話して……」

アラン・ラウの視線が、カフェラウンジの入り口の方に向く。

「……来ました。あれが、ミドウ・キタガワです」

俺は、頑固そうな老人の姿を想像しながら目を上げ……、

「……え?」

そこに立っていたのは、長い髪を背中に垂らした、人目を引く美男子だった。

うるさそうに髪をかき上げる仕草に、女性たちの視線が集中している。

彼は辺りを見回し、アラン・ラウに気づいてこちらを向く。

それから、挑むような顔で俺を見つめながら、歩いてくる。

「……喜多川御堂です。よろしく」

彼はぶっきらぼうな口調で言い、ドスンと向かい側のソファに腰を下ろす。

その高い技術と古風な技法を使いこなす手法に、喜多川御堂は老齢の職人だと、俺は思い込んでいた。

……しかし。

彼はどう見ても二十代半ばにしか見えなかった。

こんな若い男が、あんなに高い技術を会得《えとく》しているとは。

俺は、目の前にいる男の才能に驚いていた。

……本当に、彼が、あの、喜多川御堂……？

俺が目で尋ねると、アラン・ラウは深くうなずいて、

「香港と韓国と日本においては、彼に敵《かな》う職人はまず一人もいないでしょうね」

「それは違います」

喜多川御堂が、可笑しそうな声で言う。謙遜《けんそん》でもするのかな、と思いきや……、

「世界においてもおれに敵う職人は、まず一人もいないな」

「それは思い上がりでは？」

俺が言うと、彼の整った形の眉がキリリとつり上がる。

「それはどういう……？」

彼の唇から漏れた声は、怒りを抑えるかのように震えていた。

「たしかにあなたはコンテストでは何度も素晴らしい成績を収めた。しかし世界には、高い技術を持ってはいるが、コンテストに興味のない、もしくは参加することのできない職人が何人もいるはずです。軽々しく世界一だなどと言わない方がいいですよ」

言うと、彼はグッと息をのんで俺を睨《にら》み上げる。

「……おれを使いたいのか、使いたくないのか」

俺は彼を睨み返して、

「使いたくないわけがない。だが、脅迫されるのはごめんなんです」

「脅迫？」

「自分に降りられたくなかったら好きなように作らせろ、などと言われては困るんです」

彼は、技術コンテストの時のことを思い出したのか、その頬に怒りの赤みを上らせる。

今年の夏にあった技術コンテストで、彼がデザイナーと衝突していたのは有名な話だ。

「この前のコンテストのことを言っているんですか？　あれは、デザイナーが作りの基礎すらわかってないヘボで……！」

「ガヴァエッツリのデザイナーは、そんな人間とはワケが違います。デザインに勝手に手を加えることは、さすがの君でも許すことはできない」

「そのデザイナーってのはあんたのことだろ？　あんたもたいがい自信家で……」

「依頼したいのは、俺のデザインではありません」

彼は少し驚いたように、俺の顔を見上げる。

「どういうことです？『セミプレシャスストーン・デザイン・コンテスト』には、アントニオ・ガヴァエッツリは今回参加していないと聞いた。だから、おれはてっきりあんた、マサキ・クロカワのものを依頼されるのだと……」

「もう一人、コンテストに参加するデザイナーがいます。まだ若いデザイナーで……」

「はあ？　新人のダサいデザインを押しつけようって言うのか？　このおれに？」

喜多川御堂は信じられない、と言いたげに眉を顰める。

「そういう言葉は、彼本人と、彼のデザインを見てから言ってください」

喜多川御堂は、カフェの中を見回して、

「……で？　その本人はどこにいるんです？　早速遅刻か？」

アラン・ラウが、肩をすくめて、

「彼は、このビルの地下にある、『カフェ・ド・エクセルシオール』という店にいます。レオン・リーにも行かせますが、まだ到着していないかも。デザイナー本人はうす茶色の髪と最上級の琥珀のような瞳をした天使のように美しい青年です。目立つので、すぐにわかると思います」

「おれが行かないと言ったら？」

「行くのも、行かないのも、それはあなたの自由ですよ」

俺はアラン・ラウのその言葉に少し驚くが、アラン・ラウは目で俺を制して、

「我々はここでもう少しゆっくりしてから行きますので、それまでデザイナー本人と心ゆくまで話し合ってください」

喜多川御堂は俺とアラン・ラウの顔を見比べ、ふいににやりと笑う。

「アラン・ラウには逆らえないし、世界の黒川雅樹が薦めるガヴァエッリ・ジョイエッロの隠し玉にも興味が湧いてきた。話はします。その先は保証しないけれど」

言い残して、カフェをさっさと出ていく。アラン・ラウが俺を振り返って微笑んで、

「彼は天《あま》の邪鬼《じゃく》な青年でね。あとはアキヤの腕次第です」

AKIYA 4

……『カフェ・ド・エクセルシオール』。一番奥の丸テーブル。

……ここ……で、いいんだよね……？

アランさんが指定してきたのは、新宿ピークタワービルの地下にある、セルフサービスのコーヒーショップだった。

雅樹《まさき》から、有名な職人に会うチャンスができた、という話を聞かされて。そして、アランさんから、待ち合わせ場所の指定の電話があって。

僕は、自分が会う予定なのが、『喜多川御堂《きたがわみどう》』という人だと聞いて、度肝を抜かれた。

……まさか、あの喜多川御堂と会う機会が、あるなんて！

喜多川御堂っていうのは、たくさんの技術コンテストで賞を総なめにしているという、宝飾業界の人間だったら知らない者はない、というほど有名な職人さんだ。

京都の金細工師・人間国宝の喜多川誠堂《せいどう》の息子だ、っていう噂《うわさ》が流れてる。

人間国宝の喜多川誠堂は、もう百歳近いはずだから……その息子の喜多川御堂は、きっと七十から八十歳くらいのおじいちゃんのはず。

……こんな若者向けのカフェに呼び出しちゃって、大丈夫なのかな？

僕はちょっと心配になる。

その時、カウンターの中にいた店員さんが顔を上げ、ドアの方を見て、いらっしゃいませ、と言った。

そして、ドアの方を見つめたまま、ふいに赤くなる。

僕は、なんだろう、とついドアの方を振り向き……。

……うわ。

まるでグラビアモデルみたいに均整のとれた体つき。

黒いスタンドカラーのシャツに、細身の黒のスラックス。

さらりと垂《た》れるのは、青みを帯びたように光る髪。

……ああいうのを、烏《からす》の濡《ぬ》れ羽《ば》色の髪っていうんだろうな。

最近の日本人はみんな髪の毛を茶色っぽくしがちだけど……こうして見ると、美しく手入れされた黒髪というものがどんなに綺麗《きれい》かということを思い出す。

尖《とが》った顎《あご》、上品にすっと通った鼻筋を持つ、とても端整な顔立ち。

きりりとした眉《まゆ》、その下の奥二重の目。

そこに立っていたのは、見とれるほど美しい男の人だった。

……うわ、なんて綺麗な人なんだろう……。

僕は思わず見とれてしまう。

彼は、カウンターでコーヒーを買うと、ふいに僕の視線に気づいたかのように、その秀麗な眉をぎゅっと寄せる。

顔立ちが端整なだけに、そうすると、彼はものすごくきつい顔に見える。

彼は店内を見回したりせず、いきなり僕に視線を合わせる。

……あ……。

彼は、射るような目で僕を真っ直ぐに見つめたまま、ツカツカとこっちに歩み寄ってくる。

……うっ……！

彼の視線は、ものすごく強くて、見つめられているだけで身体《からだ》がビリビリ痺《しび》れてきそう。

彼が一歩一歩近づいてくるだけで、その圧倒的な存在感がますます強くなるようで……。

僕は目を離せずに彼を見つめてしまいながらも、ちょっとでも逃げようとしてイスに背中を押しつける。

……こわい……。

彼は僕から一瞬も目を外さないままで近づいてくる。

そして、僕のいるテーブルにコーヒーの紙コップを置き、僕の向かい側のイスにいきなりドスンと腰を下ろす。

……うわあ。どうしてここに座るんだろう？

……もしかして、眼《ガン》をトバされたとかって因縁をつけられる……のかな……？

だけど、もうすぐ、あの有名な喜多川御堂さんが来ちゃう。

知らない人が座ってるのを見たら、多分彼は気を悪くするだろう。

……そうだ、怖がってる場合じゃない……！

僕は膝《ひざ》の上で拳《こぶし》を握りしめる。

……せっかくアランさんたちが彼と会えるようにしてくれたんじゃないか！

それに……。

僕の脳裏に、自分のデザイン画がよぎる。

……僕は、その職人さんに会って、きちんと製作を依頼しなきゃならないんだ！

僕の前に座った彼は、胸のポケットからタバコの箱とライターを取り出す。

銀色のライターを長い指で操って、カチリと火をつける。

「……あ、あの……っ！」

僕は思わず立ち上がってしまいながら言う。声がちょっとかすれてるところが情けない。

「……ああ？」

彼が言って、ライターの炎の向こうから、僕を睨《にら》み上げる。

彼の美しい唇から出た声はよく響いてやっぱり美しかったけど、でもガラは悪くて。

黒い瞳に、揺れる炎が映って挑戦的にキラキラと光る。

「……あの！」

僕は、怖さをこらえて彼を睨み返して叫ぶ。

「そ……そこは空いてません！」

「あ？」

「大事な人と会う約束があるんです！　その人と会えないと、コンテストが……！」

思わず叫んでしまってから、そんなことまで言っても仕方がないか、と言葉を切る。

彼は、なんとなく面白そうな顔になって、

「コンテストが？　詳しく言ってみろよ。事情によっちゃどいてやらないこともないよ？」

言って、くわえたタバコに火をつける。

「……うっ……」

彼が灰皿を引き寄せたのを見て、僕は内心ため息をつく。

……ちゃんと話して、どいてもらうしかない……。

僕は思い、腰を下ろす。

「僕は、宝飾品会社に勤めるサラリーマンで、ジュエリーデザイナーという仕事をしています。まだ駆け出しなんですけど……。あ、名前は、篠原晶也《しのはらあきや》と申します」

僕はちょっと頭を下げてから、

「僕には立派なジュエリーデザイナーになるという夢があって。仕事ももちろんがんばっているんですけど、そのほかに、いくつもあるジュエリー・コンテストに出品するっていうのも、すごく勉強になることなんです」

「ふうん。……で？」

彼が言った時、お店のドアのところに、レオンくんが立つのが見えた。

レオンくんは僕に向かって勢いよく手を振り……そして僕のテーブルに座っている人を見て、目を大きく見開く。

「げっ！」

レオンくんが、彼を見つめて声を上げる。

「ミドウさんっ！」

……えっ……？

レオンくんは、急ぎ足で店を横切ってきて、

「こんにちは。ちゃんと来てくれたんだ？」

「ああ。だけどもう帰るかな？　この篠原晶也に、そこをどけって言われたしなあ」

……うっ……！

「僕、腕のいい職人さんって聞いてたから、きっとおじいさんだろうって……」

「ああ……みんな、おれのことを喜多川誠堂の息子だろうって勝手に思ってるんだよな。喜

多川誠堂の息子はただの公務員。おれ、喜多川御堂は、喜多川誠堂の孫」

「……そう……なんですか……」

僕は呆然《ぼうぜん》としてしまってから、慌《あわ》てて頭を下げる。

「あ……あの……すみませんでした……」

「謝ることない。おれが気に入らないんだろ？」

「いえ、あの……」

僕が困ってるのを見て楽しんでるかのようにイジワルに煌《きら》めく、その黒い瞳。

「……イ、イジワルだな、とは思いますけど……あ！」

思わず言ってしまって、慌てて口をつぐむ。

……ヤバい、こんなこと……！

……でも……嘘じゃないし……。

喜多川御堂さんは一瞬驚いたように目を丸くし、それからいきなりプッと吹き出す。

「綺麗な顔してすごいことを言うな。そんなことを言って、おれを怒らせたらどうする気だ？　あ、すぐに次の職人を探すか。もっと歳《とし》がいってるベテランをさ」

彼のどこか自嘲《じちょうてき》的な言い方が、僕の心にひっかかる。

……あれ……？

僕は思わず彼の顔を見つめてしまう。

彼の顔には、どこかが痛むかのような苦い表情が浮かんでいた。

……自分の歳が若いことに、コンプレックスか何かがあるんだろうか？　それとも？

「なあ、篠原晶也」

切れ長の目で見つめられて、僕は思わずたじろいでしまう。

「おれを呼び出すのに、アラン・ラウとレオン・リーを使うなんて。天使みたいな顔をして、おまえ、そうとうの策士だな」

「……は？」

僕は何を言われているのか判らずに、呆然と彼の顔を見返す。

「きちんと自己紹介してくれないのか？」

「え……あ、はい」

僕は、彼にちゃんと自己紹介をしてなかったことに気づき、姿勢を正す。

「篠原晶也と申します。ガヴァエッリ・ジョイエッロ日本支社、宝石デザイナー室に勤めているジュエリーデザイナーです」

僕は言って、内ポケットから出した名刺入れから、会社用の名刺を取り出す。

「よろしくお願いいたします」

両手で差し出したそれを、彼は人差し指と中指で挟んで、スラリと取る。

「おれのことは御堂でいい。名刺はない。用事がある時にはこっちから連絡するから」

彼は、僕の名刺をちゃんと見もせずに、名刺をヒラヒラと指で弄《もてあそ》ぶ。

その仕草は、ハンサムな彼がするとすごく様になるポーズだったんだけど……やっぱりちょっと失礼な感じはするかも？

「おれは半端なデザイナーとは仕事をしない。アラン・ラウたちから聞いただろう？」

意味が判らずに呆然とする僕に、彼は冷たい声で、

「おまえのデザイン画を見せろ、と言ってるんだよ」

「あ、はい！」

僕は、隣のイスに置いてあったデザインファイルを取り上げ、テーブルに置く。

「これは抜粋ですけど、仕事でデザインしたものです。最後のページにあるのが、今回、『セミプレシャスストーン・デザイン・コンテスト』の日本大会でなんとか佳作に入賞したものです」

「コンテストの入賞経験は初めて、か。本当に駆け出しなんだな」

……うっ……。

僕はグッと言葉をのみ込んで耐える。

……やっぱり、けっこう失礼っぽい人かも……！

彼は、ダサいデザインだったら承知しないぞ、という顔で僕をチラリと見てから、ファイルの表紙を開く。

そして、一枚目のデザイン画を見て、わずかに眉を寄せる。

彼の顔からは、さっきまでの傲慢《ごうまん》そうな表情が消え、怖いほど真剣に引き締まっている。

……なんだろう？

……あまりにレベルが低すぎて、あきれられてる？

彼は、一枚目のデザイン画をためつすがめつ見てから、ゆっくりとページをめくる。

そしてまた、何かを考えるように、黙り込む。

「ね？　ね？　アキヤのデザイン画、すごいだろ？」

レオンくんが身を乗り出して、得意げに言う。

彼は手を上げて、静かにしていてくれ、という仕草をし、レオンくんを黙らせる。

彼はとても長い時間をかけてファイルを見た。

特に、今回コンテストの佳作になったあのデザインは、目を近づけるようにしてじっくりと観察していた。

それから、彼は、ため息とともにゆっくりとファイルを閉じた。

彼はテーブルの上に置かれたファイルを見つめて、少し何かを考えているように黙る。

それから、

「なあ、篠原晶也」

彼はテーブルの上に肘《ひじ》をつき、僕の目を真っ直ぐに見つめる。

「そっちから断りたければ、さっさと断っていい。おれのご機嫌を取るのに、早くもうんざりしてるだろ？」

彼の目の中には、何か複雑な感情が渦巻いているように見えて……。

「いいえ。断りません。ほかの職人さんも探しません」

言うと、彼は少し驚いたように目を見開く。

「あなたに、自分のデザインしたものを作ってもらえたらどんなに素敵だろう、あなたの作品の写真を初めて見た時、そう思いました」

僕は、正直に言う。

「探していた職人さんをやっと見つけた、そう感じたからです」

彼は眉を寄せるようにして、僕を見つめている。

「例えば、デザイン画に適当に似せて具現化してくれる職人さんはたくさんいると思うんです。技術だけで言えば、あなたよりも上手な人もどこかにいるかもしれません」

彼の頬《ほお》が、ヒクリと引きつる。

……本気で怒られちゃうかな？　でも……。

「でも、僕のこの作品は、あなたにしか作れない……僕はそう思ったんです」

僕はイスから立ち上がり、彼に深く頭を下げる。

「お願いします。お忙しいのもわかります。でも……あなたに作って欲しいんです」

……そうだ、彼に断られたら、きっと……。

「あなたに断られたら……僕は、アジア大会への参加をあきらめます」

それはとてもつらい選択。だけど……。

「自分の作品をいいかげんな形で世に出されるくらいなら……出さない方がマシ……です」

いいかげんなものを出展したら、今回選に漏《も》れたたくさんのデザイナーたち、そして本気でいい作品を作ってコンテストに臨《のぞ》もうとしているデザイナーたちに申し訳ない。

……それに……。

僕は、僕のデザイン画を見て、素晴らしい、と言ってくれた時の雅樹の顔を思い出す。

……これは、駆け出しデザイナーの僕が、雅樹に一歩だけ近づけるまたとない機会。

……それをいいかげんにごまかしてしまうのは、僕は……。

「お願いします」

僕は、頭を下げたままで言う。

「不躾《ぶしつけ》なお願いなのはわかってます。あなたみたいな人に、僕みたいな駆け出しが仕事をお願いすることがどんなに僭越《せんえつ》かも。……でも」

「頭を、上げてくれないか？　おまえみたいな綺麗な子にそんなことをされると、まるでおれがいじめてるみたいじゃないか」

「え？」

「とりあえず引き受けてやる。おまえの今回のデザインを見て、ダサかったら断るけどな」

……え……？

僕は一瞬呆然としてから、何を言われたのか、やっと理解する。

「あ、ありがとうございます！　がんばっていい作品を描きます！」

「おれに断られないようにせいぜいがんばってくれよ。……ああ、腹が減ったな」

彼はナプキン立てに差してあった細長いメニューを取って覗《のぞ》き込む。

「ホットドッグがあるんだな。それにしよう。おまえらは？」

「あ、奢《おご》ってくれるの？」

「……なわけ、ないだろ？」

嬉しそうに言ったレオンくんのシャツの胸ポケットに、そのメニューを突っ込んで、

「おれはほとんど文無しなんだよ、大富豪・李《リー》家のお坊ちゃま」

レオンくんは胸ポケットからメニューを引っぱり出すと、御堂さんをキッと睨み上げて、

「オレ、アランの余計な進言で、親からのお小遣いストップされてるんだぞ！　だからオレだってほぼ文無しだいっ！」

「あ、ここは僕が。御堂さんはホットドッグですか？　レオンくんは何がいい？」

僕は慌てて立ち上がりながら言う。レオンくんは、

「えっ？　アキヤに払わせるなんて、オレの男としてのプライドが許さないよっ！」

「でも……少ないけど、いちおう月々給料をもらっている身だから」

御堂さんはなんだか可笑《おか》しそうな顔で、僕の肩に手をかけて引き寄せて、

「なあ。おれをヒモにしてくれない？　仕事選びすぎて全然金がなくてさ。いい仕事するよ。あ、仕事っていうのは夜の方で、職人としていい仕事をするかどうかは別問題……」

「アキヤに触るなっ！　油断もスキもないぜっ！」

レオンくんが叫んで、僕を引っ張る。御堂さんがムキになって、僕を引っ張り返して、

「なんだあ？　せっかく篠原晶也の仕事を引き受けてやったのに、その態度は……」

「ケ、ケンカしないでください！　ホットドッグは僕が買ってきますから……っ！」

「……失礼」

後ろから聞こえた低い声に、僕ら三人はそのままの格好で固まる。

振り向くと、そこに立っていたのは……真面目くさった顔をした雅樹。

その後ろでは、アランさんが今にも笑いだしそうな顔をして僕を見ている。

……うっ……三人とも精神年齢が似たり寄ったり……って思われてる……？

「移動しませんか？　上のレストランでランチをごちそうさせてください」

雅樹は御堂さんに言ってから、僕を横目でチラリと見る。

『君はいつでもモテるんだな』とでも言いたげな目に、僕は吹き出しそうになる。

……まったく、やきもち妬《や》きなんだから……！

ＭＡＳＡＫＩ　５

「ふう〜ん、高層階から見る東京の夜景って、けっこう綺麗だね〜」

レオン・リーが、窓に張り付いてうっとりした顔で言う。

ここは、天王洲《てんのうず》にある俺の部屋。

晶也は、早くコンテスト用のラフに着手したい、と言って、アパートに帰りたがった。

俺は、晶也をまずアパートに送り。

アラン・ラウとレオン・リーは、晶也のアパートの部屋にさりげなく上がりたがっていたが、俺はそれを阻止するべく、二人をそのまま車に押し込め、俺の部屋に連れてきていた。

……今の気持ちは不明だが、この二人は過去には確実に晶也狙いだった。そんな男たちを、晶也の部屋に案内できるものか。

それに、俺は、晶也を早く作業に入らせてやりたかった。

笑いながらも、晶也の顔は、ずっと緊張にこわばっていた。

……きっと、有名な喜多川御堂に製作を頼めると決まったことで、さらにプレッシャーを感じているのだろう。

晶也と離れるのを不満がっていたレオン・リーは、煌めくレインボーブリッジと東京湾を見下ろせる俺の部屋が気に入ったらしく、やっとご機嫌になった。

「そういえば。香港では、クロカワさんにも、アキヤにも、いろいろと迷惑をかけたので」

アラン・ラウが、下げてきた大きな紙袋を、俺に差し出す。

「あなたと、アキヤへのプレゼントです。開けてみてください」

「……ありがとうございます」

受け取りながらも、俺は少し驚いた。

中国語が印刷された紙袋は皺《しわ》が寄った粗末なもので、どう見てもリッチな雰囲気のアラン・ラウが持ってくるプレゼントには似つかわしくなかった。

だけど、アラン・ラウはその紙袋を、大事そうにしていた。

だから、何か貴重なものが入っているのかな、と少し気になっていた。

……これは……俺と晶也へのプレゼントだったんだな。

「アキヤと二人で使ってください。レオンと二人で選んだので」

そこには美しい青磁の茶器のセットが入っていた。どれも手の中に入りそうに小さい。

「工夫茶《クンフーチャ》の茶器ですね。とても綺麗だ。ありがとうございます」

言うと、アラン・ラウはにっこりと笑う。レオン・リーは、

「アキヤも気に入ってくれるといいんだけど！　あとで使い方を教えてあげるよ！」

楽しそうに言う。それから、また窓の方に向き直り、

「東京湾が見下ろせるの、けっこういいね。ビバリーヒルズにあるアランの家からもまあまあの景色が見下ろせるんだけど、都会だからいまいちメリハリなくて」

レオン・リーはふいに少し恥ずかしげな口調になって、

「ま、けっこうお気に入りではあるんだけどね。アランもいるから退屈しないし」

文句を言いながらもどこか嬉しそうな口調に、俺は思わず笑ってしまう。

「香港から引っ越してまだ二カ月なのに。すっかり馴染《なじ》んだみたいだね。ロスは楽しい？」

言うと、レオン・リーは大きくうなずく。

「めちゃくちゃ楽しいよ！　デザイン学校でも、オレ、すっかり人気者だもんね！」

「人気があるのはいいが……ちゃんと勉強はしているのかな？」

ソファに座ってワイングラスを傾けていた、アラン・ラウが言う。

「勉強はしてるっ！　もうめちゃくちゃしてるってばっ！」

レオン・リーがムキになったように叫ぶ。アラン・ラウは彼の顔を覗き込んで、

「本当かな？　私には描いた絵を見せてくれないじゃないか。アキヤにはできたデザイン画をよくＦＡＸしているんだろう？」

「だって、アキヤには添削《てんさく》してもらわなきゃいけないんだもん！」

レオン・リーは言って、ちょっと照れたように頬を赤くする。

……まだカップルではないようだが……、
俺は二人の様子を見ながら、思う。

……レオン・リーは、アラン・ラウのことがだいぶ好きなようだな。

「アキヤに添削ねえ。……アキヤの気を引こうとして抜け駆けしているんじゃないのか？」

アラン・ラウが言って、意味ありげな瞳でレオン・リーを見る。

俺は、香港で見た、レオン・リーに押し倒されていた晶也の姿を思い出し、ため息をつく。香港版・悠太郎《ゆうたろう》といった感じのレオン・リーと晶也では、あまり緊迫感を覚えるような光景ではなかったが……俺の晶也を押し倒していたことには変わりなく……。

大人げないと判ってはいるが……。

「あっ？　クロカワさんの前でその話は、ヤバイだろっ！」

レオン・リーが、その時の俺の形相を思い出したのか、慌てて言う。

「まあ……今は、レオンくんはアランさんに夢中なようですからね」

俺が言うと、レオン・リーはとても照れたような顔になる。

「えっ？　そ、そんなことないけどっ！」

「ふうん……そんなことはないのか？」

アラン・ラウが言い、妙にセクシーな目で見つめると、レオン・リーは真っ赤になる。

「ア……アランとオレって、趣味も性格も全然違う。でも、たまに不思議な共通点があるんだ。二人が好きなモノを探していくのって、すごく楽しい」

「素敵だね。……例えば？」

「例えば、好きな香り。オレとアランは、梅と、キンモクセイと、沈丁花《じんちょうげ》の花の香りが好きなんだよ」

レオン・リーは楽しそうな顔で、身を乗り出す。

「中国茶にキンモクセイの香りのがあるんだけど、アランは、それを飲む時、うっとりした顔になるんだ。いつも表情ほとんど変えないから、ほんのすこ～しなんだけどね！」

アラン・ラウは、そうかな？　と言って、少し照れたような顔で、自分の頬を撫《な》でる。

「……って、照れるような話はいいとして！　問題は、あのミドウ・キタガワだよっ！」

レオン・リーが怒ったように叫ぶ。

「もう～！　本当にイジワルなヤツだったよね！」

あの後。

レストランに移動してからも、喜多川御堂は、晶也とレオン・リーをからかい続けていた。

……そして。

別れ際、彼は真剣な顔で、晶也に、七日以内にデザイン画を完成させろと命令した。

現時点でおまえが描ける最高のものを描け、でないと製作を断る、と。

普段、美しくて優しい晶也は、周りの人間からお姫様のように大切にされている。

……晶也は、おまえ、などと呼ばれるのには馴《な》れていないのに。

そして、晶也は、喜多川御堂の言葉に、だいぶプレッシャーと焦りを感じたようだ。

ただでさえ、晶也はデザインに関しては完璧主義で神経質だ。

そのプレッシャーが悪い方に働かなければいいのだが。

「最後には、製作に協力することを約束させたじゃないか。企業からの依頼でも平気で断るあの喜多川御堂が、個人的な製作依頼を受けるというのはほとんどないことなんだよ」

アラン・ラウが穏やかな声でレオン・リーをたしなめ、俺が用意した白ワインを飲む。

……たしかに、喜多川御堂が製作を引き受けてくれたのは、まるで奇跡のような出来事だ。

……アラン・ラウとレオン・リーの厚意に恥じないように、俺もコンテスト用のデザイン画は、素晴らしいものにしなくてはならないな。

AKIYA　5

火曜日。

本当はコンテスト用のデザイン画に集中したかったんだけど、そのために依頼されている仕事を遅らせることはできなくて。

僕は睡眠時間を削り、慌てて仕事のラフを描いた。

「コンテストのデザイン画のことで頭がいっぱいなのもわかるし、応援もしてるけど……」

企画室の水沢《みずさわ》くんが、ちょっと言いづらそうに口ごもる。

彼は僕や悠太郎と同期。学生時代はモデルのアルバイトをしていたなかなかのハンサム。このガヴァエッリには、雅樹やガヴァエッリ・チーフみたいな見とれるような美男子たちがいるからちょっと影は薄いけど……でも鋭い視点を持ってるし、すごく優秀な企画担当さんだ。

いつもはきはきして冗談ばかり言ってる彼が、言いにくそうに下を向く。

「問題があったら、遠慮なく言って？」

僕が言うと、水沢くんはため息をついて、

「ええと〜、忙しいのはわかるし、オッケーを出したいのはやまやまなんだけど……」

「え？」

水沢くんは、驚いた僕の顔を、真っ直ぐに見つめる。

「晶也くん、もしかして、仕事に集中できてない？」

「……あ……」

その言葉に、僕は青ざめる。

……これは、このラフの出来がよくないってことで。

たしかに、ここのところコンテストのデザイン画のことで頭がいっぱいだった。

だから、このラフも、コンテスト用のラフの合間に、急いで描いたもので。

……自分ではいいかげんに描いたつもりはなかったんだけど、やっぱり集中できずに慌てて描いたのがバレバレだった？

落ち込みながら見返すと、水沢くんはちょっと頬を赤くして、

「わあ。そんなウルウルした目で見つめられたら、ドキドキしちゃうよ」

ふざけた口調は、きっと僕の気持ちを守《も》り立てようとして、気を使ってくれてるんだ。

「……ごめんね、水沢くん。手を抜いたつもりはなかったんだけど……」

「うわあ。あんまり可愛《かわい》くて、おれのこと好きなんじゃないかなんて誤解しそう」

水沢くんはさらに赤くなって言ってから、ちょっと困った声で、

「イジメてるつもりはないんだけど、晶也くんっていつも優等生だからなあ」

「いや……ごめんね、明日までに描き直すよ」

……ああ、がんばらなきゃ……。

水沢くんが心配そうに企画室に帰り。

席に戻ると、悠太郎がさりげなく近寄ってきて、イスの脇にしゃがみ込んだ。

「あきや。おまえ、ここんとこ全然寝てないだろ？」

……あ、図星……。

コンテストの話が決まったのは木曜日。御堂さんにハッパをかけられたのは土曜日。

今日は火曜日だから、あれからたった数日しか経《た》っていないんだけど……。

コンテストの結果が決まってから、ほとんど眠れなくなった。

もう何週間も経っているかのように、僕はなんだか疲れ切っていた。

「がんばってるのはわかるし、応援もしてるけど、身体壊したら元も子もないぞ」

悠太郎の優しい言葉に、なんだか泣いてしまいそうになる。

……ヤバいなあ。僕、プレッシャー感じてるのかな？

思うけど、悠太郎を心配させちゃいけない。僕は、できるだけ明るく笑う。

「大丈夫だよ。元気、元気」

「本当？」

悠太郎は、まだ釈然としない顔をしている。

「うん！　全然元気だよ？」

「……それならいいけど……」

悠太郎は、心配そうにため息をつき、それから自分までそんな顔をしていてはいけない、と思ったのか、明るく笑ってくれる。

「よし、それなら、がんばってるあきやに、オレがコーヒーを奢《おご》ってやる！」

「わーい、ありがとう！」

さりげなく心配してくれているのか、デザイナー室の中は聞き耳を立てるように静まり返っていた。僕が元気な声を出したことで、みんなもなんとなく安心したように、いいなあ、とか、私にも奢って！　などという声が上がる。

僕は、みんなに心配をかけなかったことにホッとする。

だけど、悠太郎が買ってきてくれたのは、僕が疲れている時用の、カフェ・オ・レで。

……付き合いの長い悠太郎には、なんだかムリをしているのがバレバレなのかな？

＊

「……ダメだ……」

僕は、雅樹と一緒に過ごしたいのを我慢して（雅樹も誘いたそうにしてくれてたんだけど）、悠太郎と一緒に、デザイナー室を出た。

そして、早々と部屋に帰り……夕食も忘れて、デスクに向かっている。

仕事用のラフスケッチは、なんとか終わった。

だけど、コンテスト用のラフは、なぜか一型も描けなくて。

「……どうして描けないんだろう……？」

マグレに決まってるけど、僕なんかがコンテストの日本大会で入賞できて、アジア大会にまで作品を出品できるようになったのは、本当にありがたいことだ。

それだけなら、きっと本当に嬉しかっただろう。

……けど。

僕の心は、プレッシャーと、そして言いようのない感情で暗く乱れている。

そういえば、僕と雅樹って……同業者なんだ。

あまりにも実力と才能と地位に差がありすぎて、今まであんまりそんなふうに意識したことがなかった。

だけど、二人とも宝飾品関係の仕事をしながら生きていくのだとすると、遠い将来、いつかは何かで戦うことになるかもしれない……？

……もちろん僕なんかが雅樹に敵うわけがない。だけど、同業者であることで、何かの拍子に、雅樹と気まずくなってしまったら？　それが原因で、別れることになったりしたら？

心臓が、ズキンと痛む。

……雅樹と一緒にいられなくなるなんて、絶対にイヤだ。

僕のシャープペンシルが、ふと止まってしまう。

……でも、御堂さんに見捨てられないように、がんばらなきゃいけない。

……僕は……どうしたらいいんだろう？

悲しい気分に落ちていきそうな僕の鼻に、ふわりと芳《かぐわ》しい香りが届いた。

オレンジに似た甘い香りに混ざる、男っぽいムスクの香り。

それを感じるだけで、二人の時間を思い出して、僕の鼓動は速くなってしまうんだ。

頭をすっきりさせるために、少しだけ開いた窓。

その前に置いてあるのは、雅樹からもらった、クリスタルの美しい瓶《ボトル》。

これは、雅樹がイタリアで自分で調香して作らせた、シャンプーの空き瓶。

綺麗に洗ってはあるけど、風が吹くと、雅樹と同じ香りが、ふわりと部屋に広がる。

今も、窓からの微《かす》かな風で、その香りが……。

……雅樹……。

彼の名前を心の中で呟《つぶや》くだけで、心がつらく痛む。

……なんだか、すごく会いたい……。

僕に気を使っているのか、雅樹はあれからおやすみの電話も控えてくれていて。

雅樹に会えるのは会社でだけ。

しかも、みんながいるから甘い会話なんか御法度《ごはっと》で。

……雅樹……。

……ああ、どうしてこんなに会いたいんだろう……？

MASAKI　6

「……できた」

俺はデザイン用のシャープペンシルを置き、ため息をつく。

どうせ晶也とのデートは、しばらくはおあずけだ。俺は会社から真っ直ぐに部屋に帰り、すぐにアトリエに籠《こも》った。

……そして。

俺は、出来上がったデザイン画を目の前にかざし、バランスを確かめる。

……とりあえず、今回も、完璧かな。

確認して、満足のため息をつく。

デザイン画を描いたケント紙をデスクに戻し、視線を窓の外に移す。

……晶也も、そろそろ出来上がる時期だろうか？

コンテストの商品は難しいものが多いので、造りには三週間以上は時間が欲しいところだ。

コンテストまで、あと一カ月。

職人さんに完璧な仕上げを求めるなら、そろそろ上げておくのが理想的なのだが。

……晶也のデザインは、きっと、また、素晴らしい出来だろう。

あの、『アキヤ・シノハラ』の新作のデザイン画を見ることを思うだけで、鼓動が速くなってしまう。

……ああ、俺は本当に、『アキヤ・シノハラ』というデザイナーに心酔しているんだな。

本当なら、遠いローマから憧《あこが》れることしかできなかったであろう彼が、今は俺の恋人。

……今でも、まだ、幸せすぎて信じられないな。

……しかも、今回は、晶也と一緒にコンテストに出品できる。

俺の心に、喜びの感情が広がる。

……俺の晶也は、一歩一歩確実に進んでいく。

その成長を目《ま》の当たりにできることは、俺にとっては至上の喜び。

……まあ、俺が見捨てられないだろうか、という不安はあるにはあるのだが。

思った時、ふいにデスクの上の電話が鳴った。

俺は、晶也からかな、と思いながら反射的に受話器を取り……しかし、晶也は今頃仕事に熱中しているだろう、と思い直す。

「……はい」

晶也からではない、と思っただけで、不機嫌な声が出る。

……ああ、晶也の甘い声が、俺はこんなに聞きたいんだな……。

電話の相手は、そのまま黙ってしまっている。イタズラ電話か？　と俺は苛立《いらだ》ちながら、

「……どなたですか？」

『……あの……』

受話器の向こうから聞こえたのは、俺が待ち望んだ……、

「晶也？」

『……はい……あの……今、お忙しいですか？』

「いや。ちょうどコンテスト用のデザイン画を仕上げたところだ。君は？」

『……いえ…僕はまだ……』

彼の声は、泣いてでもいるかのように震える。俺は、青ざめてしまいながら、

「どうした、晶也？　何かあったのか？」

『……雅樹……会いたい……』

晶也の、疲れ切ったような声。

それは、俺の理性をそのまま吹き飛ばし……。

AKIYA　6

僕は、なんだかものすごく落ち込んでいた。

昨夜。どうしても我慢できなくて、雅樹に電話をしてしまった。

優しい雅樹は、僕を心配してすぐに車で飛んできてくれて。

雅樹の顔を見たら、なんだか緊張の糸が切れてしまって。僕はまるで助けを求めるようにして、雅樹に、抱いて、って言ってしまった。

雅樹は、僕を労《いたわ》るみたいに抱きしめ、でも、僕に会えない時間を寂しいと思ってくれていたのか、最後には熱烈に愛してくれて。

しかも、僕が落ち着いて眠れるように、夜中には部屋に帰ってくれた。

僕は、忙しい雅樹に気を使わせてしまったことに対する自己嫌悪で、そのまま眠れなくて。

しかも、ラフは全然進んでなくて。

……僕の、バカ……！

僕は、自分を責めながら、会社への道を歩いていた。

体力が落ちてるみたいなのに、無理やりセックスまでしてしまった。

雅樹と愛を確かめ合うのはもちろんものすごく気持ちよかったけど……身体のつらさは、倍増していて。

僕は深いため息をついて、ネクタイをゆるめる。

……なんだか、本当に疲れてるかも。

……こんなに疲れててどうするんだよ？

僕は、自分を叱《しか》りつける。

……御堂さんにデザイン画を提出するまでに、あと三日しかないのに……！

「……よお、篠原晶也」

会社まであと一ブロックというところで、後ろからいきなり誰かに呼び止められる。

聞き覚えのある声に、僕はドキリとして立ち止まる。

そこに立っていたのは……、

「み……御堂さん……？」

街路樹に寄りかかって立っていたのは、あの喜多川御堂さんだった。

「ここ、実はおれの製作アトリエからすぐなんだ。散歩がてら、様子を見に来てやった」

「……あ……そうなんですか……？」

「ほら、できたラフをさっさと見せてみろ。〆切まであと三日。デザイン画はまだだとしても、ラフはもちろんできてるだろう？」

その言葉に、僕は思わず青ざめる。

「あ……あの……実は、まだ……」

口ごもる僕を、御堂さんは不審げに見つめる。

「どうした？　土曜日に会った時より、なんだかすごくやつれて……あ？」

御堂さんが、驚いたように、小さく声を上げる。

彼の視線は、さっきゆるめた襟元《えりもと》の辺りに釘付けになっていて。

「……え……？」

御堂さんの綺麗な顔が、みるみる険悪に曇る。

「おまえ……デザイン画を描くより、恋人とセックスすることの方が大事なのか？」

「……あっ……！」

僕は慌てて手を上げ、襟元を押さえる。

昨夜の僕は、ブレーキが利かなくなって、もっともっと、とねだってしまった。

雅樹も煽《あお》られてしまったのか、我を忘れたように僕の首筋に何度も熱烈なキスを……。

「……あ……」

全身から、サアッと血の気《け》が引く。

雅樹や、アランさんや、レオンくんが骨を折って、御堂さんに連絡をつけてくれて。

御堂さんも、とても有名で忙しいはずなのに、僕のために時間をとってくれて。

……なのに、僕は……。

御堂さんは、その秀麗な眉をきつく寄せて、僕を睨み付ける。

……きっと、製作を断られてしまう……。

僕は唇を噛《か》んで、彼の言葉を待った。

彼に断られたら、僕はアジア大会への出展をあきらめなくてはならないだろう。自分の栄誉なんてどうでもいいけど、雅樹や、アランさんたちに迷惑をかけることになる。応援してくれている宝石デザイナー室のみんなの期待も、裏切ることになる。

……ああ、僕は……。

「もう……」

御堂さんの唇から、低い声が漏れる。

……ああ、もうダメだ……。

「……次はないからな」

彼の言葉の続きは、意外なものだった。

……次はない？　ってことは……？

僕は驚いて、彼の顔を見上げる。

「ああ！　そんな潤《うる》んだ目で見ないでくれ！　どうしておまえには甘くなってしまうんだろ

う？　ほかのヤツだったら、容赦なく依頼を断ってやれるのに！」

「……御堂さん……」

「おまえの恋人は……あの黒川《くろかわ》雅樹だろう？」

まだ早めの時間だから人は少ないとはいえ、この道は会社に向かう人々が通る場所。

彼は気を使ってくれたのか、そこだけ小声になって言う。

「……え、あの……」

「とぼけなくていい！　二人を見てればバレバレだ！」

御堂さんは怒った声で言ってから、僕を睨み下ろす。

「コンテストまでの間、黒川雅樹と会うのはやめろ」

「……え……？」

「三日後、だ。それまでに出してもらわないと、コンテストまでに製作が間に合わない」

御堂さんは、切れ長の目で僕を真っ直ぐに見つめる。

「おれに提出するデザイン画ができるまで、恋人とプライベートで会わない。製作を断られたくはなかったら、今すぐそう約束しろ」

……雅樹と、会えない……。

僕の頭をまずよぎったのは……そのことだった。

御堂さんは、僕の頭の中まで見透かすような鋭い目で僕を睨み、

「おまえ、今、三日間もプライベートで彼と会えないなんて、そう思っただろう？」

「……あ……」

「次はないぞ。いいかげんな気持ちで取り組むのなら、もうおまえのデザインの製作は引き受けない。わかったな」

「……は、はい……」

「土曜日は休みだろう？　とすると……明日、明後日《あさって》、休みを取れるか？」

「……え……あ……代休がありますので、できないことは……」

「それなら取れ。一秒たりとも無駄にはできないだろう？」

「……は……はい……」

御堂さんは、とても逆らえないようなきつい目で僕を見下ろし、

「今夜から、おれのアトリエにカンヅメだ。提出するまで出られないぞ」

MASAKI　7

「アキヤは代休がたまっていたし、疲れていたし、休みを取るのはかまわないのだが……」

アントニオが、心配そうに言う。

「ユウタロが心配していたんだ。アキヤに一切連絡が取れないと」

「晶也は、喜多川御堂のアトリエに軟禁されているようなんです。水曜日に、『御堂さんのアトリエでカンヅメをします』と言ったまま、連絡が絶たれました」

「なんだそれは？」

「コンテスト用のデザイン画を提出するまで、家に帰してはもらえないそうです。俺との電話も禁止されています」

アントニオは、あきれたように眉をつり上げて、

「そうとう有害だと思われたようだな」

「晶也の身に何かあったら、俺はどうしたらいいのか……」

呟くと、向かいのソファに座ったアントニオがため息をついて、

「そんなに妬けるのなら、さっさとあの男の家に乗り込んだらいいだろう？」

「それができたら苦労はしません」

俺は言って、深いため息をつく。

「晶也は彼のことをもちろんなんとも思っていないようですし、俺は晶也を信じています。しかし……」

「しかし？　愛するお姫様がほかの男と二人きりでいるのは気に入らない？」

俺は少し考え、それからうなずく。

この男の前で弱みを見せるのは癪《しゃく》だが、今の俺はそれどころではなく……。

「まったく嫉妬《しっと》深い男だなあ」

あきれたように言う彼を、俺は睨んでやる。

「他人事《ひとごと》だと思って言ってくれますね。もしも悠太郎がほかの男と二人きりで密室に籠っていたら……どうします？」

「それは……」

アントニオは少し黙ってから、不機嫌に眉を顰《ひそ》める。

「それは気に入らないが……」

「そうでしょう」

「だが、喜多川御堂には、昔、あるパーティーで会ったことがある。一緒に籠っている相手が彼なら、私は心配はしないよ」

　アントニオは、妙に自信ありげに断言する。

「……そういえば、アラン・ラウも電話でそう言っていました。喜多川御堂は、そんなに信用されているんですか？」

「まあ、それもあるが……」

　アントニオは俺の顔をさぐるような顔で見つめて、

「……本当に気づかないのか？」

「何にです？　いつでもどこでも嫉妬してしまう自分の愚《おろ》かさに、ですか？」

　俺が言うと、アントニオは肩をすくめる。

「わかっているじゃないか。まあ、ともかく……晶也は大丈夫だろう。あまり心配するな」

AKIYA 7

「よお。描けてるか？」

ドアにノック。そして御堂さんが部屋に入ってくる。

ここは、会社からほど近い場所にある、御堂さんのアトリエ。

会社の古い倉庫を改装したらしいそこは、天井が見上げるほど高くて、開放感がある。

御堂さんのセンスで室内をリフォームしたらしい。コンクリートの打ちっ放しの壁と、しっかりとした木材を敷き詰めた床を持つ、洒落《しゃれ》た部屋だ。

一番広いのは、御堂さんが酸素バーナーを使ったりする製作室。たくさんの作品がガラスケースに入れられ、それがスポットで照らされて、目が眩《くら》みそうになるほど素敵だった。

広いダイニングキッチンには、どうやら料理が趣味らしい彼が使う、プロ用の調理台。そしてちょっと無骨な感じの、しっかりしたオーク材のテーブルと、イス。

リビングらしき広い部屋には、黒い革と銀色のパイプでできたデザイナーもののソファ。

それに、床に置かれた古いテレビ。

製作に必要なさまざまな工具、それにたくさんの製図のコピーだけが、まるでこのアトリエの主《あるじ》とでもいうようにいろいろな場所に転がっている。

独立しているのは、御堂さんのベッドルームと、僕が借りている予備の部屋。

ベッドルームも見せてもらったけど、床の上にベッドがドンと置かれてるだけで、あとは小さな造りつけのクローゼットがあるだけだった。

僕が借りている部屋もベッドと小さなライティングデスク、ある家具はそれだけ。

防音がしっかりしていて、何もないシンプルな空間は、カンヅメにはうってつけだと思う。

……だけど……。

「見せてみろ」

御堂さんは、さっさと部屋を横切ってライティングデスクに座った僕の後ろに歩いてくる。

「あ、あの……っ」

「なんだこれは？　全然進んでいないじゃないか」

僕の手元のクロッキー帳を覗き込んだ御堂さんが、ものすごく怒った声で言う。

「どういうことだ？　ほら、言ってみろ」

「……あ……」

「おれなんぞに依頼するデザインだから、たいしたもんじゃなくていいだろうって言いたいのか？　ああ？」

「ち、違います！」

「じゃあなんなんだ？　おれが設定した〆切まで、あと一日しかないんだぞ？」

御堂さんは、どこかつらそうな顔で、僕を真っ直ぐに見つめる。

「原因は……黒川雅樹と一緒に応募しなくてはならないことか？」

その言葉に、僕はギクリとする。

「……あ……」

動揺を見抜いたかのように、御堂さんは僕を見つめる。

「万が一、これが原因で気まずくなってしまったらどうしよう、彼と仲違いするくらいなら、賞なんぞ獲らない方がよかった、そう思ってるんじゃないのか？」

心臓がドクンと一つ高鳴った気がした。

それは、僕の心の奥底に隠されていた怯《おび》えを、はっきりと表した言葉で。

「……もちろん賞は嬉しいです。そして僕が彼と対等に戦えるとはまったく思っていません。でも……」

……なんて答えていいのかわからない……。

「おまえ、自分のデザインを最高の形で具現化して欲しい、そう言ったよな。……あれは嘘だったのか？」

彼はその切れ長の目で、僕を真っ直ぐに睨み付ける。

僕は、彼の顔を呆然と見返したまま、固まってしまう。

……嘘じゃない……。

……だけど……。

もし、何かの拍子に雅樹の心を失ってしまったら……そう思うだけで、身体から血の気が引いていく。

「篠原晶也」

御堂さんは、僕のデスクの横に立ちはだかったまま、静かな声で言う。

「黒川雅樹に会いたいか？」

……雅樹に……？

雅樹のことを思うだけで、僕の心は壊れてしまいそうに痛む。

……会いたい……だけど、早くデザイン画を描かないと……。

見上げると、御堂さんはどこかが痛むみたいな顔で、僕を見下ろす。

「黒川雅樹に会って、きちんと話をしたいか？」

「……え……？」

「〆切を、一日だけ延ばしてやってもいい。明後日、必ず、おれにデザイン画を出すと約束するのなら」

「……御堂さん……」

「黒川雅樹ときちんと話をしてさっぱりしたら、おまえにできる限りの最高のデザイン画を描くこと。いいか？」

……雅樹と、きちんと話をする……？

そういえば、僕は、一人で苦しんでいるだけで、雅樹に何も話していなかった。

雅樹は、あんなに心配してくれたのに。

……雅樹ときちんと話せれば、僕は、救われるんだろうか……？

御堂さんが、ポケットから携帯電話を出して、僕に渡す。

「電話してみろ。残業でまだ会社にいるかもしれない。ここからは目と鼻の先だ」

……雅樹……。

MASAKI 8

天井の蛍光灯の明かりが落とされたデザイナー室は、とても空虚に見える。とうに就業時間を過ぎているし、今夜は会議もないので、ほかのメンバーはすでに帰宅してしまった。

しかし、喜多川御堂のアトリエがこの会社の近所だと聞いていた俺は……少しでも晶也のそばにいてやりたくて……一人でデスクに座っていた。

待っていても、晶也から連絡が入るとは限らなかった。

……しかし。

俺はデスクの上に置いた携帯電話を見つめ、ただひたすらにそれが鳴るのを待ち……。

携帯電話が着信音を奏《かな》でたのは、九時をまわった頃だった。

俺は、きっとまた別人だ、と思いながら通話ボタンを押し……、

『……もしもし？　雅樹？』

俺は、受話器の向こうから聞こえてきた、待ち望んでいた彼の声に呆然とする。

「……晶也」

『……今、どちらにいらっしゃいますか？』

「会社にいる。用事はないんだが、なんだか帰る気がしなくて……」

『……今から、そちらに行ってもいいでしょうか？　少しお話ししたいことがあって』

「もちろんいいよ。だが、大丈夫なのか？」

『……でしたら、後ほど。十分くらいで行けると思います』

＊

「……描けないんです……」

うつむいた晶也の唇から、言葉が零《こぼ》れ落ちた。

「……早く描かなくちゃいけないのに……どうしても、描けないんです……」

「……晶也」

俺と二人きりの時、晶也の声は甘えるように柔らかく、滴《したた》るような色気を含んでいた。

だが……。

今、晶也の声は、疲れ切ったようにかすれ、つらそうに聞こえた。

真っ白になるほど握りしめられた、美しい指。

伏せられた長い睫毛《まつげ》が、今にも泣きだしそうに震えている。

その表情を見るだけで、俺の心は激しく痛む。

……彼を愛している。

……愛する晶也を苦しめるすべてのものを、俺の手で排除してやりたい。

もしもそれが何かの心配事、もしくは彼を苦しめる人間だとしたら、俺は何としてもそれを排除し、晶也を救うために全力を尽くす覚悟だ。

……しかし……。

晶也を今苦しめているのは、そんなものではない。

……晶也が今戦っているのは、自分自身？

……だとしたら、俺は、彼を助けてやることはできない。

晶也の唇が、微かに動く。

「……弱音を吐いたりしてすみません……」

彼の珊瑚《さんご》色の唇から漏れたのは、ため息のような微《かす》かな囁《ささや》きだった。

「……でも……どうしていいのかわからなくて……」

晶也は、そのたおやかなルックスに似合わない、強い芯を持った青年だ。

どんなに苦しい時にでも、まるでしなやかな樹のように、逆風に耐え、立ち向かい……。

それを知っている俺には、この言葉が、ただの甘えから出たものでないことが、ありありと判った。

「晶也」

呼ぶと、彼の身体が、ビクンと大きく震えた。

「話してごらん。いったいどうしたんだ？」

晶也は長い時間黙り、それから覚悟を決めたような顔で俺を見上げる。

「僕みたいな若輩者《じゃくはいもの》があなたに対抗しようなんて百万年早いのはわかっています。あなたと僕では才能も、センスも、経験も、段違いなんです。でも、せめて……」

晶也は、苦しげなため息をつく。

「……あなたと並んで恥ずかしくないものをデザインしたいんです。ガヴァエッリのほかのデザイナーたちのためにも……」

晶也は煌めく目で俺を見上げる。

その美しい瞳の奥には、誇り高い一人のデザイナーとしての強い光があった。

「……そして、あなたの恋人であることを恥じないためにも。……でも……」

晶也はふいに視線を落とし、自分の両手を見つめる。

「……僕には……描けないんです……」

「もしかして、俺と一緒に応募することが、気になっている？」

「……あっ……」

「何かのきっかけで俺と気まずくなってしまったらどうしよう、などと思っている？」

晶也は、言葉に詰まる。

「もしかして、そのことと、それにいろいろなプレッシャーが重なって、描けなくなっていたのかな？」

晶也は少し迷ってから、そうかもしれません、と小さな声で呟く。

晶也のつらそうな顔に、俺は彼が本気でいろいろなことを悩んでいたことを知る。

「……晶也」

俺を手を伸ばし、晶也の両肩をそっと両手で包み込む。

「……愛しているよ」

「……あ……」

晶也の目が、泣いてしまいそうに潤む。

「どんなことがあろうと、その気持ちは変わらない」

「……雅樹……」

「君に追い抜かれる時のことは、考えたことがなかった。しかし、君は本当に才能に溢《あふ》れたデザイナーだ。それは大いにありうるな。同じデザイナー同士、ライバルということか」

「雅樹、あの……！」

「その時が来ないとどう思うのかよくわからないが……君を愛しているという気持ちは絶対

に変わらないのは確かだな」

救われたような顔になる彼が可愛らしく思えて、俺は思わず微笑《ほほえ》んでしまう。

「俺が、君の実力に嫉妬して、二人の関係がぎくしゃくすると思った？」

「……そ、そうは思っていませんが……」

「君に嫉妬は……まずしないだろうな。君に見捨てられないように、気合は入るだろうが」

「……雅樹」

「俺にとって、君は嫉妬していいような対象じゃない。君の才能を目の当たりにした時、俺は生まれて初めて『負けた』と思った。……前にそう言ったね？」

「はい。でもそれはきっと、駆け出しの僕を励ますために言ってくださっただけで……」

「この俺に、そんなお世辞が言えると思う？」

雅樹は僕の瞳を真っ直ぐに覗き込む。

「俺は、君の恐ろしいほどの才能に心酔し、澄み切った宝石のような心に、自分から屈服した。『負けた』というのは、俺が君の前にひざまずき、絶対の服従を誓った言葉だ」

俺は、そのまま、晶也の前にひざまずく。

彼の手を取り、それを大切に持ち上げる。

「愛している。俺は、君がその圧倒的な才能を開花させるためなら、なんでもするよ」

俺は目を伏せ、ひんやりと滑《なめ》らかな彼の手の甲にゆっくりと唇を押し当てる。

「君は、こんな俺が嫉妬できるような対象じゃない」

「……雅樹……」

「もしも君に負けることがあれば、俺は今よりもさらに努力するだろう。だが、それは君より優位に立ちたいからではない。君にふさわしい男でありたいからだよ」

晶也の琥珀《こはく》色の瞳に、ふわりと涙が盛り上がる。

「愛しているよ、晶也。どんなことがあっても、だ」

囁くと、晶也の目から、美しい涙が転げ落ちた。

……ああ、俺の恋人はどうしてこんなに美しいんだろう……？

「……愛しています、雅樹……」

「君があまりに美しいので、キスをしたくなってしまった。……いい？」

晶也は一瞬だけ迷うが、すぐに小さくうなずいて、ゆっくりと目を閉じる。

俺は身を屈《かが》め、彼の珊瑚色の唇に、そっと口づけた。

「……ん……」

深く奪いたいのをこらえて、唇を離す。

「……落ち着いた？　がんばれるかな？」

囁くと、晶也は頬を色っぽく染め……しかし、すぐに表情を引き締めて深くうなずいた。

「本当は、ほかの男の部屋になど帰したくない。俺の部屋に連れ去って、閉じ込めておきた

いところだけれど」

「……僕は、もう逃げません。明日までにデザイン画を仕上げて、堂々と帰ってきます」

晶也は別人のように目を煌めかせ、しっかりとした口調で言った。

AKIYA 8

「……やればできるじゃないか、まったく、心配させやがって！」

作業台に向かいながら、御堂さんが言う。

「……しかも、おれの腕のせいで、ものすごくいいのができてしまいそうだぞ！」

雅樹のおかげで、僕はコンテスト用のデザイン画をあの夜のうちに仕上げることができて。

御堂さんは、それを見て、何も言わずにうなずいてくれた。

僕は、苦しんでいた日々を思い出して、早く雅樹に気持ちを言えばよかった、と思う。

いろいろな想像をしてグルグルしてたのが嘘みたいに、今は幸せな気持ちになってる。

……やっぱり、雅樹は僕にとっては……まるで神様みたいな存在なんだよね。

そして……『セミプレシャスストーン・デザイン・コンテスト』のデザイン画と作品、両方の提出期限まで、あと二日。

御堂さんが作ってくれている僕の作品は、ほぼ完成、というところに近づいていて。

……だけど、問題はまだあって。

回転イスを回して、御堂さんが僕らを振り返る。

作業用の眼鏡を頭の上に跳ね上げて、僕と雅樹を交互に見る。

「ガヴァエッツリ日本支社の金庫にあった高額のインペリアル・トパーズは、本当にそれきりなんですか？」

宝石の入ったプラスティックケースを見つめながら、雅樹はうなずく。

「ええ、このサイズはほかに御徒町《おかちまち》の問屋街もまわったんですが、これ以上のものは見つかりませんでした」

……僕が描いたような巨大なインペリアル・トパーズには……ランクの高い綺麗なものがなかなかなくて。

ガヴァエッツリの金庫にあったそのインペリアル・トパーズは、完璧なシェリー酒の色……とはいえないけど、普通に見れば、そうとう綺麗な石。

でも御堂さんは、この石をおれの作る作品に留めるのは不本意だ、と言いだしてしまった。

「……あの……デザイン画の石を黄色に塗り直して……もっと市場にたくさんあるシトリン・トパーズとかに変えましょうか？」

僕は試しに言ってみるけど、御堂さんはバカにしたように鼻を鳴らして、

「アホか、おまえ。却下に決まってる。……あのさあ。黒川雅樹さん」

「なんでしょう？」

「せっかく帰してあげられたんだけど……あんたの恋人を、もう一日だけ、借りてもいいかな？」

……え？

彼はなぜだかすごく気が重そうな顔で、ため息をつく。

「ものすごいインペリアル・トパーズがある場所を知ってるんだけど、一人で行きたくないんだよね」

……いったい、どこだろう……？

＊

「……ソウル市内って、ちょっと日本に似てますね」

僕は周りを見回しながら言う。

「でも、なんだかパワフル。楽しそうな街です」

御堂さんが僕を連れてきてくれたのは……なんと韓国、ソウルだった。

僕は韓国に来るのは初めてで、なんだかウキウキしちゃってる。

ソウル市内は地下鉄が発達していて、たくさんの路線があるみたい。

地下鉄の改札から続く地下道。

そこから出たところで、僕は立ち止まって、辺りを見回す。

車がたくさん通っている大きな道沿いには、新聞のスタンドと、革の手袋を売っている小さな露店が一つあるきり。

ここは、南大門《ナンデムン》市場。

ガイドブックには必ず載っているという、観光客に人気のソウルの市場……のはず。

たくさんの人が道沿いを歩いていて賑《にぎ》やか。だけど……？

「市場らしいものは見当たりませんけど。まだ朝の六時だからですか？」

「いいからついてこい。はぐれるなよ」

御堂さんは言って、僕の二の腕を摑《つか》む。

そしてそのまま、人混みを縫って歩きだす。

……雅樹に見られたら怒られちゃいそうだけど……。

僕はちょっと冷や汗をかきながら思う。

……でも、この人混みだと、一人で歩いたら絶対に迷子になりそうだし。

御堂さんはどんどん歩き、薬屋さんの脇にある小道をするりと曲がる。

「……あ……！」

そこから、いきなり景色が一変した。

小道の脇には、庶民的な韓国食堂が何軒も並んでいた。

道沿いに並べられた調理器具には大鍋がいくつもかけられ、ひんやりとした空気の中に真っ白な湯気がもうもうと上がっている。

「すごい！　いきなり市場っぽいですね！」

「ここが南大門市場だよ」

たくさんの路地が入り組み、そこに小さな店と露店が並んでいるところは……なんだか上《うえ》野《の》のアメ横に似ているかもしれない。

緯度の関係か、それとも湿気の少ない大陸気候のせいか、東京よりもずっと寒い。

冷え切った早朝の空気の中に、排水溝から上がる湯気が、もうもうと立ちこめている。

……もっとあったかい服を着てくるんだった！

僕は、思わず震えてしまいながら思う。

……思ってたよりずっと寒い！

革靴の足先からしんしんと冷えてくるようだけど、手を引いてくれてる御堂さんの手のひらはとてもあたたかい。

道に面した場所には、大きな鍋や鉄板が火にかけられている。

鍋の中には、透き通っただし汁に入ったおでんのようなもの、肉じゃがに似た感じの（でもスープは赤い）おかずなんかがたっぷりと入っている。横にある鉄板では、真っ赤なソースで炒《いた》められた細長いお餅《もち》が湯気を立てている。

だしのきいたスープの香りと、食欲をそそる唐辛子《とうがらし》の香り。

緊張で昨晩は何も食べられなかった僕の胃が、キュウ、と音を立ててしまう。

恥ずかしくて赤くなる僕を見下ろし、御堂さんが可笑しそうに笑う。

「おまえ、まったく隠し事のできないヤツだなあ」

「す、すみません。なんだか急に食欲が……」

「ま、ソウルのこの市場まで来て、『僕、朝は食欲ないんですう』なんて言われたら、一、二発、ゲンコツでも喰《く》らわせているところだがな」

……ま、また子供扱い……。

僕は赤くなるけど、彼に馴れてきたのか……。

……なんだかあんまりイヤじゃないかも……？

だって、御堂さんは口調は乱暴だけど、言うことはいつも間違ってない。

その綺麗な黒い瞳は、嘘のつけない真っ直ぐな内面を表すように、澄んでいるし。

「ミドウ！」

店内から出てきたお店の女の人が、御堂さんを見て嬉しそうに叫ぶ。

下町のおかあさん、という感じのその女の人は、御堂さんの横に来て楽しそうに韓国語で話す。年齢は五十歳くらいかな？　でも、健康的な韓国食のおかげなのか、肌がつやつやしていてすごく若々しい感じの人だ。

御堂さんは、僕らと一緒にいる時とは比べモノにならないような優しい顔をして、綺麗な発音の韓国語で彼女に何かを言い返す。

それから、僕を示しながら彼女に何かを言う。

彼女は、僕の方を振り向き、まあ！　というような驚いた顔をする。

いきなりカアッと頬を染め、それから韓国語で御堂さんに何かを言う。

意味が判らずに御堂さんを見ると、彼はひょいと肩をすくめて、

「まるで天使のように綺麗な子だわ、私があと三十歳若ければねえ、だそうだ」

「え？　あ、そんな。今でもじゅうぶんお若いです」

僕が慌てて言うと、御堂さんは可笑しそうな顔でそれを通訳する。

彼女はますます赤くなり、それから、店内に向かって韓国語で何かを叫ぶ。

「綺麗な顔して平気でそんなことを言う。まったく罪作りなヤツだなあ」

御堂さんは手を伸ばし、指先で僕の頬を突《つつ》く。

「おまえに恋焦がれてる男、実は山程いるだろう？　白状しろ！」

そのまま指先で、まるで赤ちゃんをあやすように、プニッと頬を軽くつねる。

「いませんてば。やめてください、もう。子供じゃないんですから……」

「中身はまだまだ子供だろ？　保護者の黒川雅樹がいないとすぐしょげる」

……う……ホームシックに気づかれてたみたい……。

「ほら、笑えよ。この御堂さまが奢ってやるんだからさ」

彼は両手を伸ばして僕の口の両端に触れ、笑わせるみたいにキュッと引き上げる。

「うう〜」

「よし、笑ったな」

……まったく、この人は……。

最初は驚いちゃった彼のスキンシップ癖だけど、なんだかもう馴れてきて、まるで慎也《しんや》兄さんか雅樹とでも一緒にいるみたいに安心する。

雅樹のことを思い出したら、またちょっと寂しくなって、でも甘い気持ちも湧いてきて。

……雅樹と一緒だったら、こんなに安心してばかりはいられないんだけどね。

店内の厨房《ちゅうぼう》からは、彼女のお父さんくらいの年齢の、白髪の男の人が出てくる。

薄手のセーターの上に、白い前掛けだけの格好だけど、厨房は暑いのか頬が赤くなってる。

「日本からいらしたのですか？　ようこそいらっしゃいました」

彼の口から出た日本語に、僕は驚いてしまう。

発音にちょっと癖はあるものの、その日本語はすごく流暢《りゅうちょう》で、しかもすごく品のいい感じの言葉遣いだ。

「あの……日本の方ですか？」

思わず聞くと、彼は楽しそうに笑いながら、

「違いますよ、でも韓国の年寄りは日本語を話せる人が多いのです。教育を受けたのでね」

「……あ、そういえば……」

韓国には、日本の統治下に置かれ、子供は日本語教育を受けさせられて……っていう重い歴史があったはず。

日本と、日本人に、未《いま》だにいい感情を持たないお年寄りもいるって話を聞いたことがある。

……もう年月が経っているけれど、やっぱり心に傷を残している人もたくさんいるんだ……。

すごく近い国なんだけど、つい最近まで日本の映画や音楽や本が制限されていた（まだまだ制限されてるものも多いみたいだし）というのも、その歴史が関係してるんだろう。

僕なんかが申し訳なく思ってもなんの役にも立たないとは判っているけど……なんだか悲しい気持ちになってしまう。

彼は、僕の複雑な気持ちを察してくれたのか、にっこり笑って、

「日本語が話せることは私にとっては役に立っていますよ。観光客の方とお話しできるのは商売にプラスになります。もちろん日本人が悪い人間ばかりでないことはよくわかっていますし。それに……」

彼は手を伸ばして、僕の髪をクシャッと撫でてくれる。

「……こうして話して、こんな綺麗な人とお知り合いになることもできますし、ね」

「……あ……」

彼のあたたかな手の感触に、悲しい気持ちが薄れていく。

「おじいさん、どさくさに紛《まぎ》れて、彼を口説いてないですか？」

御堂さんの言葉に、おじいさんは、あはは、と大声で笑う。

「ミドウくんには敵《かな》わないなあ。さて！」

おじいさんは僕の髪から手を離し、気合を入れるように前掛けを引っ張って皺を伸ばす。

「何がいい？　おすすめをどんどん持ってきてもいいかな？」

御堂さんに向かって言う。御堂さんは神妙な顔で頭を下げて、

「お願いします。韓国料理といえば焼き肉とビビンバしか知らないであろう彼に、韓国料理の奥深さを教えなければならないので」

おじいさんは笑い、さっきの女性に韓国語で何かを言いながら、厨房に引っ込んでいく。

おばさんは僕を見て、任せておいて、というように笑い、道に面したところに並んでいる大きい鍋をかき回し、置いてあったプラスティックの器に湯気の立ついろいろなものを盛っていく。

「あ、これを食べられるんですね。さっき見た時に美味《おい》しそうだな、と思っていたんです」

僕が言うと、彼はその綺麗な形の眉をつり上げる。それから、

「なんだ。『通りに面したところで作ってたモノなんてイヤです』なんて軟弱なことを言っ

たら小突いてやろうと思っていたのに」

「アジアの屋台には、美味しいモノがたくさんあるじゃないですか。そんなこと、もったいなくて言えません。観光客なので生水と生野菜と生魚は避けますが、たいていのものは平気です」

僕が拳を握りしめて言うと、彼はちょっと嬉しそうに微笑んでくれる。

「綺麗な顔に似合わず、逞《たくま》しいじゃないか。そんなところには一目置いてやるよ」

……そんなところには、ね……。

店内は、日本によくある大衆食堂みたいで、なんとなくホッとする内装だ。

御堂さんは、僕の手を引いて、物馴れた様子でするりと店に入る。

ビニールのスツールを引いて、どすんと腰を下ろす。

「韓国は初めてだっけ？」

「はい。よく海外に行く兄から話を聞いて、興味はあったんですけど……」

僕は、壁に貼られている、ハングルで書かれたメニューを見上げながら言う。

「……うわ。メニューが全然読めません」

「いいよ。適当に持ってきてくれるから。おまえ、嫌いなモノは？」

「ええと、レアすぎる肉と、ニンジン……」

「ニンジンねえ。子供か、おまえ？」

ちょっとバカにしたように言われて、僕は赤くなる。

「す、すみません。食べられないことはないので……」

「ムリに食べることはないさ。炒め物には混ざってるかもしれないが、おれが全部食ってやるからさ」

にっこり笑った御堂さんの顔は、本当に綺麗で。

……この人って、口は悪いけど、やっぱりすごい美人だよなあ。

＊

「あの作品には、最高のインペリアル・トパーズを入れてやる！」

御堂さんは、すごく美味しい韓国料理を食べながら、拳を握りしめて叫ぶ。

「最高の石が見つかるまで、おれはあきらめないからな！」

御堂さんの真剣な眼差《まなざ》しが……なんだかすごく嬉しい。

「ありがとうございます、御堂さん。あの……」

僕はちょっと迷ってから、照れてないできちんと言おう、と心に決める。

「……最初は、ちょっとだけあなたのことが怖かったんです。でも、すごく優しい人だってすぐにわかったし、それに……」

僕は、彼の顔を真っ直ぐに見上げて、

「あなたの、その妥協を許さない強い姿勢には、感銘《かんめい》を受けました。今回ご一緒して、とても勉強になりました」

言って、僕はきっちりと頭を下げる。

「ありがとうございました、本当に」

御堂さんは、なんだかちょっと寂しそうに笑う。

「その、過去形にするのはやめろよな。もう二度と会えないみたいじゃないか」

言ってから、すぐにいつもの不遜《ふそん》な笑みを浮かべる。

「それとも、おれみたいなワガママなやつに付き合うの、もうこりごりか？」

「そんなこと、思ってません！」

僕は慌てて叫ぶ。

「もしも許されるのなら、あなたにずっと日本にいて欲しいです！　ガヴァエッリ日本支社の製作部に、あなたみたいな優秀な方が加わってくれたら……どんなに心強いか……」

それは、僕の本心から出た言葉だった。

「それに、きっと楽しいと思います。飲み会とかもたくさんあるし」

言うと、御堂さんは少し驚いたように目を見張り、それからくすくす笑う。

「おまえ。そういう可愛らしいことを平気で言うから危ないんだぞ」

「危ない？」

「今までに、好きでもない男からセマられたことが何度もあるだろう？」

「……え……？」

僕はいろいろな事件を頭の中に思い浮かべる。

「ええと……それは……何度かある……かもしれませんが……」

……まあ、雅樹が助けに来てくれたから、なんてことはなかったんだけど……。

「……でも……ほとんどの場合、冗談だったような気もしますし……」

言うと、御堂さんは深いため息をつく。

「ということは、やっぱりまだ自覚してないんだな？」

「……え？」

御堂さんはいきなり人差し指を僕の鼻の先に突きつけて、

「おまえ、見とれるほど綺麗なくせに、中身まで本当に可愛いんだぞ。それ、ちゃんと自覚しろよな」

「……は？　ええと……僕なんか全然綺麗じゃないですし、中身だってまだまだ未熟者です。全然可愛くなんかないです。それを言うなら……」

僕は、間近にある御堂さんの顔を見上げて、

「……御堂さんはすごく綺麗で、しかも大人です」

「ったく！　そこが可愛いって言うんだ！」

御堂さんは、なぜだかちょっと赤くなって叫ぶ。

「おれが攻《せめ》だったら、今すぐ押し倒されてるところだぞ！」

「そんな……え？」

僕は、その言葉の意味を理解できずにちょっと呆然としてしまう。

「……攻……だったら……？」

御堂さんはなんとなく恥ずかしそうに横を向き、怒ったように腕を組んで、

「おれはゲイで、しかも受《うけ》だ。畜生、見かけも中身もおまえみたいに可愛くないから、言いたくなかったのに。おまえがあんまりボケているからつい言っちまったじゃないか」

……この人が、ゲイで、受……。

どうやら自覚がないみたいだけど、他人から見たら、御堂さんはめちゃくちゃ綺麗で色っぽい。背は高いけど、体つきだってしなやかな感じで……。

……すごい美人だし、きっぷはいいし、雅樹が惚《ほ》れちゃったらどうしよう？

思ったら、僕は、ちょっとだけドキドキしてしまう。

……僕もけっこう、やきもち妬きかもしれない。

＊

御堂さんが連れてきてくれたのは、ソウル市内の高級住宅地にある、ものすごく大きなお屋敷だった。

彼は呼び鈴を鳴らし、迎えに来た執事らしき人にうなずいてみせただけで、そのまま広大なお屋敷の中に通された。

……御堂さんって、どういう人なんだろう……？

僕と御堂さんが案内されたのは、まるでヨーロッパのお城にでもありそうな立派な部屋だった。

さらに驚いてしまったのが、部屋の両側に並べられた、たくさんのガラスケース。

そして、その中に展示されていた、とんでもなく高価そうな宝石の数々。

……いったい、ここは……？

そして。

扉が開いて入ってきたのは、背の高い、モデルさんみたいにハンサムな男の人だった。

歳は……三十半ばくらいかな？

オールバックにした黒髪と、煌めく黒い瞳。

逞しい身体を、仕立てのいいダークスーツに包んでいる。

雅樹やアランさんにどこか共通する、なんだかすごくセクシーな目をした男の人だ。

「あ、あの、篠原晶也といいます。ガヴァエッリ・ジョイエッロという宝飾会社で宝石デザイナーをしています」

僕は慌てて頭を下げて、

「今回は、突然お邪魔してしまって、失礼しました」

「おまえが謝ることない。おれが無理やり連れてきたんだからな」

御堂さんがムッとした声で言って、僕の頭を上げさせる。

その男の人は、御堂さんのことを見つめて低く笑う。

「ミドウ。君は願い事がある時ばかり、私のところに戻ってくる」

……戻ってくる……？

不思議に思って御堂さんを見上げると、彼は怒ったように眉をつり上げる。

「戻ってくる、じゃない！　たまたま用があるから来るだけだ！」

だけど、その頬はなぜだかうっすらと染まっていて。

……あれ……？

御堂さんはものすごく不機嫌な顔をしたまま、親指でぞんざいに彼を指さす。

「彼は、孫庚信《ソンユーシン》。世界中にホテルだのカジノだのを持ってる大金持ち」

彼はそのハンサムな顔に、なんだかすごくセクシーな笑みを浮かべ、

「よろしく。ユーシン・ソンです。君もよかったらユーシンと呼んでください」

「ユーシン・ソンさん？　あの、もしかして、世界中に宝石の鉱山をいくつも持っている、あの有名な……？」

僕が思わず言ってしまうと、彼はうなずいて、

「そうだよ。君のような美人に名前を知っていてもらえて光栄だ」

彼の名前はもちろん聞いたことがある。……っていうか、世界中の宝石関係者、もしくは大金持ちなら誰でも知っているだろう。

彼はその形のいい唇の端にちょっと皮肉な笑みを浮かべて、

「成り上がりと言われる孫家だが、その血を継いでいいこともたまにはあるんだな」

孫家は実業家として財をなし、そのお金で世界中の有名な鉱山を次々に買い上げていったことで知られてる。歴史のない家だから、成り上がりと陰口を叩かれたこともあったらしいけど。

今ではその鉱山から出る宝石でさらに資産を倍増させ、世界に名だたる大富豪の仲間入りをした。今では、ガヴァエッリ・チーフのいるガヴァエッリ家や、アランさんのいる劉《ラウ》家、それにレオンくんの李家とも並ぶくらい有名な家系だ。

「あなたの一族の方々がお持ちの鉱山からは、歴史に残るような有名な宝石の原石がたくさん産出されています。僕が勤めているガヴァエッリの金庫にも、いくつか収められているはずです」

「ガヴァエッリ・ジョイエッロが買い取ってくれたものの中で一番有名なのは……スタールビーの原石かな？　アントニオ・ガヴァエッリ副社長が直接うちの鉱山に出向いてくれた」

そう。今では僕らのデザイナー室の上司になったけど、ガヴァエッリ・チーフは世界を駆けめぐって宝石を買い付けするための商談をしたりもしてたんだよね。

「わざわざ副社長が駆けつけてくれたのには、驚いたよ。しかも、誰も買おうとしなかったあんなに巨大な原石を、いきなり即金で買い取ったしね」

そう。それは、宝石業界ではちょっとした伝説になってるようなエピソードで。

まだ歳が若く、ガヴァエッリ家のお坊ちゃまだから副社長になれただけの若造だろう、と業界ではちょっと軽く見られていたガヴァエッリ・チーフが、その名前を世界に知らしめるきっかけになったんだよね。

ユーシンさんは可笑しそうな笑みを浮かべて、

「私もプロだからね。あの原石が、磨《みが》けば歴史に残るような石であることがわかっていた。相手があのアントニオ・ガヴァエッリでなかったら、売るのは見合わせたと思うよ」

言ってから、僕の顔を真っ直ぐに見つめる。

「……で？　ガヴァエッリ・ジョイエッロのデザイナーさんである君が、この私になんのお願いかな？」

……うっ……。

僕は、その言葉にちょっと青ざめてしまう。

このユーシン・ソンという人は、宝石業界の重鎮でさえなかなか会うことのできない人のはず。どこにいるのか、はっきりとは誰も知らないだろうし。

……本当なら、僕みたいなただのサラリーマン・デザイナーが会うことのできるような人じゃないいんだよね……。

「……あの……」

すがるような気持ちで御堂さんを見上げるけど、彼は、自分で言ってみろ、というようにうなずくだけで助けてはくれなくて。

僕は深呼吸をして、それからあらためてユーシンさんにしっかりと向き直る。

「あの。あなたが所蔵するインペリアル・トパーズを一つ、分けていただきたいんです」

勇気を振り絞って言うけど、声が震えてしまう。

孫家の所蔵する石に、半端な価値のものなどあるわけがない。

どれも、とんでもなく高価で……でもとんでもなく美しいはず。

自分が言ったことがどんなに分不相応な願いだか、僕にはよく判ってる。

……でも……。

ユーシンさんは、僕と御堂さんの顔を面白そうな顔で見比べる。

「彼は、自分が何を言っているのか、わかっている？」

「当然だろ」

御堂さんはムッとした顔で言う。

「彼は、『セミプレシャスストーン・デザイン・コンテスト』のアジア大会に作品を出展するんだ。それを製作してるのは、おれ。半端な石は入れられない」

「ミドウが？」

ユーシンさんは目を丸くし、それから僕に向き直る。

「このミドウの氷の心臓を溶かしてしまった、君のデザイン画を見せてくれないか？」

僕は持ってきたデザインバッグから、デザイン画のコピーを取り出す。

ユーシンさんはそれを受け取り、しばらく黙ったまま、真剣な顔でそれを見つめる。

……やっぱり、あまりにも大それたお願いだったよね……。

……いくらがんばったからといっても、僕はまだ駆け出しで……。

「……なるほどね」

ユーシンさんは呟くように言って、僕にそれを返す。

「私の所蔵しているインペリアル・トパーズの中で、最上級のものを見せてあげよう。おいで」

ユーシンさんは、僕らを一つのケースの前に案内してくれる。

そこには……前に雅樹が乾杯してくれたような……最高級のシェリー酒の色をした、美し

いインペリアル・トパーズが煌めいていた。完璧な透明度、そして淡いピンクと淡いオレンジが混ざったような絶妙の色合いが本当に美しい。これは、まさにインペリアル・トパーズの色。最上級の証だ。

「……すごい……！」

僕は、その石に思わず目を奪われてしまう。

「この石が、あのデザインに入ったら、どんなに素敵でしょう……」

思わず呟いたところで、ふと気づく。

……もし売ってもらえるにしても、値段がとんでもなく高くて、ローマ本社の承諾を得るのは無理なんじゃ……？

青ざめてしまった僕を見て、ユーシンさんが優しく笑う。

「お金は、今はいらないよ。貸し出しているということにしておいてあげよう」

……貸し……？

「それが商品になって、店に並んで、買い手がついたら、代金を払いに来てくれればいい。値段は売値の三十パーセント。どうかな？」

……売値の三十パーセントだったら、全然法外な値段じゃない……はず。

ユーシンさんがサイドテーブルから電話の受話器を取り上げる。

「アントニオ・ガヴァエッツリに聞いてみたらどうかな？　彼の承諾が得られたら、このままこの石を持って帰って、君のデザインした作品にセットしてかまわない」

「ユーシンさん、ありがとうございます。なんてお礼を言っていいのか……」

見上げると、彼はなぜかちょっとだけ赤くなりながら、

「ああ……そんな潤んだ目で見上げられると、決心が揺らぎそうだ。生涯、ミドウだけだと誓ったのに」

「そ、そういうことを人前で言うなって言ってるだろうっ？」

……え……？

驚いて振り返ると、御堂さんはその綺麗な顔を、色っぽく染めていた。

「お礼のことなら、気にしなくていいよ。コンテストが終わって落ち着いた頃に、ミドウからたっぷりいただくからね」

……わあ。そういうことだったのか……！

僕は、妙に納得してしまう。

……御堂さんとユーシンさん、なんだかすごくお似合いかも……！

ＭＡＳＡＫＩ　９

セミプレシャスストーン・デザイン・コンテストの受賞式は、韓国、ソウル市内にあるイースタン・チョースン・ソウルのグランド・ボールルームで行われている。

『審査員特別賞、アキヤ・シノハラ、ガヴァエッツリ・ジョイエッロ！』

華やかに着飾った関係者でいっぱいのパーティー会場に、晶也を呼ぶ声が高らかに響きわたる。

晶也は嬉しそうに頬を染め、壇上に駆け上がっていく。

晶也がデザインし、喜多川御堂が製作したのは、このうえなく美しい、チョーカーだった。まるで何かの魔法で、レース編みがそのまま金属に置き換えられたような、繊細で柔らかなデザイン。

ステージの後ろのスクリーンに大映しにされたそれは、完璧なバランスと、うっとりするような美しさをたたえていて。

……喜多川御堂の手でなければ、こんなふうに作り上げるのはムリだったかもしれない。

中央にセットされたインペリアル・トパーズは恐ろしいほどの煌めきを放っている。

アントニオが「アキヤはまたとんでもない男から、とんでもない石を手に入れたな」と笑っていたのがうなずける。

晶也は、その類希《たぐいまれ》なる才能で、天才職人の喜多川御堂と、伝説の宝石王であるユーシン・ソンという二人の人物を動かしてしまったのだ。

着けているモデルが、まるでどこかの国の王女のように高貴に見える。

……ああ、これが晶也のデザインだ……。

コンテストの受賞者に与えられるのは、真ん中にトルマリンの原石の留まった、小さな盾。晶也はそれをこのうえなく嬉しそうな顔で受け取り、それからステージの下にいる人々に向かって深々と頭を下げる。

俺はスクリーンに映った彼の作品と、そして壇上の晶也に見とれる。

……ああ、俺の晶也は、なんて素晴らしいんだろう……。

「……黒川さん、涎《よだれ》が垂れてますよ」

囁いてきたのは、喜多川御堂。

「……『俺の晶也はなんて綺麗で色っぽいんだろう』とか思っているでしょう？」

俺は、晶也の美しさに見とれたまま、

「当たりです。そして、『チームを組んだ職人さんとはいえ、ほかの男と二人きりで何日も過ごしてしまった晶也に、どんなお仕置きをしようかな？』とね」

「……え……？」

喜多川御堂は、意味が判らない、という顔で、その目を大きく見開く。俺は、

「もちろん、疑っているわけではありません。俺は晶也を信じているし、その……」

「え？　黒川さん、まさか、おれが彼に襲いかかるのでは、と心配してたんですか？」

俺の、あの時の気持ちを思い出して、深いため息をつきながら、

「コンテストのために君の家に泊まり込んだのはわかっているし、君のことも信じています。が、晶也はあのとおり色っぽくて美しいし……」

俺の言葉を遮るようにして、彼がプッと吹き出す。

「あははは、クールな見かけに似合わない、激甘ダーリンだ。おっかしい」

「ただいま戻りました！」

人混みを縫って帰ってきた晶也が言い、笑っている喜多川御堂を見て、驚いた顔をする。

「美人の御堂さんがこんなに笑うなんて。黒川チーフ、すっかり仲良くなったんですね」

晶也は、なぜか少し怒ったような顔で、俺を見上げてくる。

……なんだろう、晶也のこの目は……？

「しかし。おまえ、よくがんばったよな。可愛い顔に似合わないその根性には、一目置いてやる」

喜多川御堂が、高飛車《たかびしゃ》な様子で言う。

晶也は、彼の物言いにはすっかり馴れたのか、嬉しそうににっこりと笑う。

「ありがとうございます。根性だけじゃなくて、いつかはデザインの実力でも一目置いていただけるように、これからもがんばります」

晶也が嬉しそうに言うと、彼は尊大な感じに、フフン、と鼻で笑う。

「そう思うのなら、いいのが描けたらどんどんおれのところに持ってこい。下手な鉄砲、数撃ちゃ当たる、と言うしな」

「はい。ありがとうございま……えっ」

……『どんどんおれのところに持ってこい……』？

……それは……？

「あの……？」

晶也が見つめると、喜多川御堂はなぜか照れたように少し頰を赤くする。

「いつでも作ってやるって言ってるんだよ、おまえのデザインなら」

「……あ……！」

「今回だって、ぶっつけだったからイマイチ結果が出なかったけど、普段からおまえの癖とかに馴れてれば、次からはもっと上に行ける自信があるし、な」

「御堂さん！」

晶也が、喜多川御堂の身体に手を回し、そのまま抱きつく。

「ありがとうございます、御堂さん！」

……晶也が、ほかの男に……！

胸に晶也を抱いたままの喜多川御堂は顔を引きつらせた俺を見て可笑しそうに笑う。

「黒川さん、心配しなくていい。おれは受・攻でいえば受専門。晶也とエッチしたらレズになっちゃうよ」

「……え……？」

俺は呆然としながら、アントニオや、アラン・ラウの言った、『相手が喜多川御堂なら心配する必要はない』という言葉を思い出す。

……彼らは、喜多川御堂が受だと見抜いていたのか……？

喜多川御堂の身体から手を離した晶也は、きょとんとした顔で、

「え？　御堂さんと僕のことを疑ってたんですか？」

「黒川さん、あんた、ゲイを見る目はまだまだだね。デザインの才能は認めるけど」

言って、喜多川御堂は、親指で壇上を示す。

ステージの後ろのスクリーンには、俺がデザインした大ぶりのバングルが映っている。

表側が半球形のカボッション、裏側に特殊なカットを入れた変形カットのアメジストを、シンプルで直線的なプラチナの台に埋め込んだ。

それは、デザインした自分でも、満足のいく出来で。

『優勝、マサキ・クロカワ。ガヴァエッリ・ジョイエッロ！』

俺の名前を呼ぶ声が、パーティー会場に響きわたる。

「……すごい……おめでとうございます！」

晶也が言って、ふと背伸びをする。俺の耳元に唇を寄せて、

「……愛してます、あなたのデザインは本当に素晴らしいです……」

うっとりした、甘い甘い声で囁いてくれる。

どんな大きなコンテストの、どんなに大きな賞よりも……晶也のその言葉は、俺に至福の喜びを与えてくれるんだ。

AKIYA 9

受賞が発表された後、御堂さんは「ユーシン・ソンに借りを返す」と言いながら早々に姿を消した。仏頂面だった割に頬が赤らんでいて、ちょっと幸せそうだった気がする。

雅樹が部屋を取っていたのは、韓国のビジネス地区、江南の中心にある、ピーク・ハイアット・ソウルだった。全面ミラーガラス張りの近代的な外観と、木材とガラスを多用した落ち着けるインテリアが印象的な、超高級ホテル。彼の部屋は、ものすごい贅沢《ぜいたく》な、エグゼクティヴ・スウィートだった。

「ソウルの夜景って、綺麗なんですね」

僕は、窓の外に広がる夜景に見とれながら言う。

先々月に雅樹と行った香港のそれのような派手さはないけど、なんとなく懐《なつ》かしくなるような、親しみの湧く夜景だった。

……ソウルの夜景は初めてなのに、どうしてだろう……？

僕は夜景を見つめながら考える。

「街並みが東京と似ているせいか、夜景の感じも、なんとなく東京に似てるんですね」

「そうだね」

雅樹は言って、僕のすぐ後ろに立つ。

背中に感じる彼の体温。ふわりと香る、芳しい彼のコロン。

その香りだけで、僕はなんだかドキドキしてしまう。

「少し違うのは、市街地に王宮の跡や門がいくつもあるところかな？」

雅樹は、僕の肩越しにガラスの外を指さす。

「あの、黒く見えるのが漢江《かんこう》。市民に愛されていて、クルーズもできるはずだ」

「今回はバタバタでしたけれど、次はゆっくり来たいです」

「そうだね。君を案内したい場所がたくさんある」

雅樹が言って、僕を後ろからキュッと抱きしめてくれる。

「愛しているよ、晶也。今回は君もたいへんだったろうが、よくがんばったね」

僕は、彼の腕の中でそっと方向転換をする。

「ありがとうございます、雅樹」

彼のハンサムな顔を見上げて、

「僕が途中でくじけずに、今回のコンテストに出展できたのは、あなたのおかげです」

「晶也」

「……愛してます、雅樹……」

「愛してるよ、晶也」

二人の唇が近づく。僕らはそっとキスを交わした。

「……んん……」

雅樹は僕の歯列を舌をノックし、そっと忍び込んでくる。

「……あ、んん……」

僕はその深いキスだけで、呼吸を乱してしまう。

「……我慢できない。抱きたい。……いい？」

キスの合間に、雅樹が熱く囁いてくれる。

僕は、その囁きだけで身体を溶かし、思わずうなずいてしまうんだ。

＊

洒落た感じの白とグレーで統一された、広い広いリビング。

明かりをロマンティックなスタンドだけに落とされた室内。

雅樹は、僕の上着を脱がせ、ネクタイを解《ほど》き……ワイシャツのボタンをゆっくり外す。

彼の指が、僕の首の後ろにまわる。

そして、僕の首を取り巻いていた細いプラチナのチェーンの留め金を外す。

チェーンと、その先に下がった愛の証《あかし》のリングが、僕の身体からそっと取り去られる。

それは……これから一晩中愛を交わそう、って二人の合図。

いつもあるチェーンの感触が消えた僕の身体は、なんだかすごく無防備に思えて。

これから始まる行為を思うと、なんだかどんどん身体が熱くなって。

雅樹が、僕のシャツの布地の隙間に唇を当て、そっとキスを繰り返す。

「……あ、ああん……！」

キスに感じてかぶりを振った瞬間、大きな窓ガラスに、二人の姿が映っているのに気づく。

そのリビングは、夜景がよく見えるようにと配慮してか、ソファのすぐ脇、天井から床までの全面が、大きな窓になっていて。

表側から見たらホテルの窓はミラーガラスだったから、内側も普通の窓よりも反射率が高いのかもしれない。

スタンドの明かりに照らされた二人の姿は、ガラスに驚くほど鮮明に映っていて。

……うわ……！

生まれたままの姿になった僕に、すべてを脱ぎ捨てた彼が覆《おお》い被《かぶ》さっている。

……めちゃくちゃ恥ずかしい……！

目をそらさなきゃダメだと思うんだけど……僕の視線は勝手にガラスに映った彼の姿に釘

付けになってしまう。

しなやかな筋肉に覆われた、逞しい肩。

完璧なラインを描く、背中から引き締まった腰へのライン。

見とれるほど形のいいお尻、そこから続く長い脚。

彼はその彫像のように美しい身体で、か細い僕の身体を組み敷いている。

黒い革のソファの上で、僕の身体は発光しているかのように白く見える。

逞しい彼の腕の中、固く抱きしめられた僕は、まるで食べられる寸前の獲物《えもの》のように見えて……。

「……んん……っ！」

むき出しになった乳首に、彼が獰猛な獣《けもの》のような熱いキスをする。

「……ああ……っ！」

乳首を尖《とが》らせ、たまらなげに身体を反り返らせる僕は、なんだかすごく……。

「……晶也？」

雅樹は顔を上げて、僕の視線を追い……僕は、ガラスに映った彼と、きっちり視線が合ってしまう。

「……あっ……！」

……見てたの、気づかれた……！

ガラスに映った彼は、そのハンサムな顔に、とてつもなくセクシーな笑みを浮かべる。

「……なんてエッチな子なんだ。ガラスに映った姿を、ずっと見ていたなんて」

「ち、違いますっ！　たまたま目に入っただけで……っ！」

「……そのまま、目をそらさないで」

目をそらそうとした僕は、彼のその言葉にもう動けなくなってしまう。

「……香港のホテルでも、こんなふうにガラスに映しながら……したね？」

囁かれて、僕の身体に甘い震えが走る。

「夜景を見ながらされたのは……気持ちがよかった？」

囁きながら、彼は僕の肌の上に手のひらを当てる。

「……あ、いや……イジワル……！」

彼の手が、僕の鳩尾《みぞおち》からお腹の辺りをそっと滑《すべ》っている。

彼の手のひらは、さらさらと乾いて、本当に心地よい感触で。

「……あ……雅樹……」

彼の指が鳩尾を滑り、乳首の先を、スッとかすめる。

「……あんっ……やぁ……」

彼の器用な指先が、いつのまにか尖ってしまっていた僕の乳首をキュッと摘《つま》み上げる。

「……あっ……雅樹っ……！」

身体に甘い電流が走り、僕の身体が反り返ってしまう。

……ああ、ほんのちょっと触れられただけなのに、どうしてこんなに感じちゃうの？

僕のイケナイ屹立《きつりつ》は、まるで雅樹の愛撫を待つようにキュッと勃《た》ち上がってしまっている。

「……んん……雅樹……」

冷たい空気にさらされた僕の屹立は、もう痛いほど高ぶってしまっていて。

「……愛しているよ、晶也……」

囁かれたら、トクン、と先走りの蜜を漏らしてしまって。

「……あ、んっ！」

一度溢れ出したら、僕の先端からは、さらにとめどなく蜜が溢れて。

「……あ……雅樹……雅樹……」

僕の屹立は、その茎をたっぷりと蜜で濡《ぬ》らし、雅樹の指を待ち焦がれてる。

……ああ、触れて欲しい……。

思ってしまってから、僕は一人で真っ赤になってしまう。

……ああ、なんて恥ずかしいんだろう、僕って……！

「とても淫《みだ》らな顔をしている」

雅樹の声に目を開けると、彼は僕の顔じゃなくて、窓の方を見ていた。

「……あっ！」

押し倒され、感じている僕の側面が、窓ガラスにくっきりと映っていて。

しっかりと反り返った自分の屹立に気づき、僕はもう恥ずかしくて気が遠くなりそう。

「……や……っ」

目をそらそうとした僕の身体が、いきなり窓ガラスの方にクルンと向けられる。

「……え……？」

雅樹は、僕を後ろから抱きしめながら、僕の耳元に口を近づけて、

「君は、窓に映る自分の姿がとても気になるようだ。美しいナルキッソスのようだね」

すごく楽しそうに囁いてくる。

「……わ！　違います……っ！」

僕は慌てて彼の手から逃れようとするけど……彼の腕にきゅっと抱きしめられ、それもかなわなくて。

「……愛してるよ、晶也……」

首筋にキスする雅樹の顔があんまりセクシーで、僕の視線はまたガラスに向いてしまう。

……ああ、見たりしたら、ダメなのに……！

後ろからまわされた彼の手が、そっと僕の身体の表面を滑ってる。

彼の手は、男らしく骨張っていて、本当に美しくて。

「……あ、あ、やあ……っ」

彼の長い指が、僕の両方の乳首をそっと摘み上げる。

「……ああ、ん……っ！」

僕のむき出しにされた腰が、ヒクンと跳ね上がってしまう。

「……ああ……！」

彼はその美しい指で僕の乳首の先端を揉《も》み込むように愛撫《あいぶ》して。

そこがとても弱い僕は、身体を反らせ、ただ激しく喘《あえ》いでしまって。

「……やあ……雅樹ぃ……！」

「……こんなに尖らせてしまって。感じている？」

雅樹が、後ろから僕の耳元に囁いてくる。

「……ああっ、イジワル……！」

僕の屹立が、今にも放ってしまいそうに反り返り、震えてしまう。

「……あ……ダメです……もう……！」

ジラされて、膨《ふく》れ上がった快感。

我慢するのがつらくて、僕の固く閉じた瞼《まぶた》の間から、涙が滑り落ちた。

「……いや……お願いです……雅樹……！」

「……ん？　何をお願いしているのかな？」

雅樹は囁いて、僕の肩胛骨《けんこうこつ》にそっとキスをする。

「……ちゃんと言ってもらわないと、わからないよ？」

「……ああ、わかってるくせに……」

僕は、泣いてしまいながら、ガラスに映った雅樹の顔を見つめる。

スタンドの明かりに照らされた彼は、本当にすごいハンサムで。

ガラス越しに見つめ返すその視線は、身体が痺れるほどにセクシーで。

「……ああ、雅樹……」

「……とても色っぽい眺めだ。乳首だけでなく……」

雅樹の美しい手が、そっと僕の身体を滑り降りた。

「……こんなところまで、硬くしてしまって」

反り返った屹立をそっと握りしめられて、僕の身体が、快感にのけ反ってしまう。

「……あ、ああんっ！」

たっぷりと垂らしてしまった先走りの蜜。

ヌルヌルに濡れた屹立の側面を、彼の手のひらがそっと滑る。

「……ああ、ああっ……！」

クチュ、クチュ、と響く濡れた音が、すごくいやらしい。

「……だめ、我慢できな……っ！」

「……まだだよ、もう少し我慢して」

低い美声の囁きに、僕の身体に電流が走る。

僕は目を閉じて、湧き上がる射精感に必死で耐える。

「……んんっ！」

「目を開けて」

囁かれて、僕はとっさに目を開けてしまう。

そして、窓ガラスに映っている自分の姿の淫らさに、また泣きそうになる。

「……だめ、許して、誰かに見られちゃう……！」

思わず言うと、彼は楽しそうに笑って、

「君も見ただろう！　このビルはミラーガラスになっているから、外から中は見えないよ」

「……あ、でも……！」

「ガラスに身体を押しつけたら、見えてしまうかもしれないけれど。やってみる？」

からかうように言われて、僕はまた泣いてしまいながら
「……いや……イジワル……！」

「泣き顔も、可愛い。ますます苛《いじ》めてしまいたくなるな」

雅樹は、僕の首筋にキスをしながら、

「イッてもいいよ。ただし、自分の姿から、目をそらさないで」

「え！　あ……！」

ガラス越し、雅樹と目が合って、僕はまた真っ赤になる。

雅樹の右手が、僕の下腹を撫で、屹立を手でそっと覆う。

「……あ……！」

雅樹の左手が、僕の鳩尾を滑り、僕の乳首の周りにそっと円を描く。

「……ああ……！」

「綺麗だ。快楽への予感だけで、そんなに色っぽい顔をする」

「……あ、ああん……！」

甘い声で囁きながら、でも、雅樹は、僕の弱いところに当てた手を動かしてくれない。

「……ああ……雅樹……！」

快楽の予感に震え、呼吸を乱した僕の姿は、本当に淫らに見えて。

その姿に、また身体に甘い電流が走ってしまって。

「……んんっ！」

僕の屹立が、ピクンと震えて、自分から雅樹の手のひらにその先端を押しつけてしまう。

「ああんっ！」

ヌルリと滑る先端の感触に、僕はまた感じて喘いでしまう。

「……して欲しい？」

甘く囁かれて、僕のすべての理性が吹き飛んだ。

僕は、ガラスに映る彼の顔を見つめる、そして、

「……お願い……して……っ！」

彼は、とても満足げに笑い、僕の首筋にキスをする。

「……いい子だ。ご褒美《ほうび》だよ」

彼が、ものすごくセクシーな声で囁く。

彼の指が、僕の乳首の先端をくすぐるようにする。

彼の大きな手が、僕の屹立の側面を握り、クチュクチュと音を立てて上下する。

「……あっ、あっ、あっ！」

愛する人の腕に抱かれ、ガラスの中の僕は、どうしようもなく感じている。

肌を紅潮させ、乳首を尖らせ、背中を反らし……そして、感じている証拠に、硬くした屹立から透き通った蜜をふり零してしまっている。

「……あっ、もうっ、イク……っ！」

身体を、強い電流が貫いた。

僕は身体を激しく震わせ、先端から、ドクン！　と勢いよく白い蜜を放った。

それは弧《こ》を描いて飛び、磨かれたガラスに白い模様を描いた。

「…………雅樹……雅樹……」

ガラスの中の僕は……信じられないほど色っぽくて、そして幸せそうに見えたんだ。

MASAKI 10

「……あっ、もうっ、イク……っ！」

リビングのミラーガラスに、二人の姿が映っている。

とてつもなく色っぽい顔をした晶也が、呼吸を乱し、淫らに喘いでいる。

俺は、晶也のしなやかな身体を、後ろから抱きすくめている。

左手で、晶也の小さな乳首を愛撫する。

いつもはつつましやかな珊瑚色をしたそれは、感じている証拠に、いつもよりも淫らに紅潮している。そして、先端をツンと尖らせ、俺の指を待っている。

触れるか触れないかのところを指先をくすぐると、晶也の身体にさざ波がたつ。

先端を摘み上げ、キュキュッと揉み込んでやると、晶也の唇から甘い喘ぎが漏れる。

右手で、反り返った晶也の屹立をそっと握りしめる。

彼の屹立は、愛撫に感じてとめどなく蜜を零し、側面をヌルヌルにしてしまっている。

俺が、とどめを刺すようにして手を動かしてやると、晶也は大きく身体を震わせ、先端から、ドクン！　と勢いよく白い蜜を放った。

晶也の白い蜜は、その快感の大きさを示すように勢いよく飛び、ガラスにとても淫らな白い模様を描いた。

「……雅樹……雅樹……」

恥ずかしかったのか、晶也が身体を震わせながら、俺の名前を呼ぶ。

……ああ、俺の晶也は、なんて美しいんだろう？

思いながら、彼の身体を方向転換させ、裸の彼を胸に抱きしめる。

……そして、生まれたままの姿で抱き合うのは、なんて心地いいんだろう？

肌が滑る感触にまで感じてしまったのか、晶也がヒクリと震えている。

「……ああ……イジワル……！」

晶也は泣きそうな声で呟き、俺の胸に顔を埋《うず》める。

その可愛らしい仕草に、俺は思わず微笑んでしまいながら、

「愛してるよ、晶也。……いやらしい子だな、あんなに飛ばしてしまうなんて」

囁くと、彼は恥ずかしそうにかぶりを振る。

「……ちがっ、あなたがアンナコトするから……！」

「ん？　たくさん出して、もう満足した？」

言うと、晶也は驚いたように俺の胸から顔を上げる。

美しい琥珀色の瞳で、俺を色っぽく睨んで、

「……雅樹のイジワル……！　わかってるくせに……！」

腰をキュッと引き寄せてやると、あんなに放出したばかりの晶也の屹立が……、

「……ん？」

腿《もも》に押し当ててやると、晶也は恥ずかしげにかぶりを振る。

若い晶也の欲望は、また熱を持ち始めている。

「……もっと何かが欲しいみたいだね。もしかして……」

俺は晶也の腰に置いていた手を下に滑らせ、双丘のまろやかな膨らみを確かめる。

「……あ……」

そのスリットを辿《たど》り、そのまま指を侵入させて、谷間をさぐる。

彼の小さな蕾《つぼみ》に指先が届く。

「あっ、あっ、雅樹……！」

晶也が、切羽つまった声を上げる。

「……愛しているよ。晶也」

彼の蜜でしっとりと濡れた指。

蕾の花弁を辿ってやると、晶也はたまらなさげに身体を震わせる。

「……あっ、ダメ、そこは……」

晶也の声が、甘くかすれている。

花弁を解《ほぐ》してから、濡れている指先を、クチュ、と滑り込ませる。

「……ああんっ！」

晶也の身体が、ヒクンと反応する。

「……きつい。まだムリかな？」

囁くと、晶也は夢中の仕草でかぶりを振る。

「大丈夫だから……おねが、ああ……！」

指を揺らして彼の内部を愛撫してやると、晶也の唇から甘い甘い喘ぎが漏れる。

「……ん？　感じる……？」

晶也の内壁の、一番敏感な部分を探し当て、ゆっくりと揉み解すように愛撫してやる。

「……あん、そこ……んんっ！」

いつでも初々しく閉じている蕾が、だんだんと甘く蕩《とろ》けてくる。

指の動きに合わせて震え、俺を奥まで誘い込み、キュウッと締めつけてくる。

その動きは、一つになった時と同じ……。

「晶也」

「……はい……」

「君があまりに色っぽくて、我慢できない。君が欲しい」

「……あ、僕も……」

指で確かめてやると、晶也の屹立は、すでに熱く勃ち上がってしまっていて。

握りしめ、ゆっくりと愛撫してやると、屹立はさらに硬さを増して……。

「……お願い……もう……っ！」

晶也の色っぽい声が、俺の最後の理性を吹き飛ばした。

「愛しているよ、晶也」

俺は囁いて、晶也のすらりとした足首を摑み、その脚をそっと押し広げる。

「……ああ……雅樹……」

滑らかな肌をスタンドの明かりにさらし、従順に脚を開いた晶也は、とても……。

「君は、本当に美しい」

濡れて震えている彼の蕾に、俺の欲望を押し当てる。

「……ああ、雅樹……」

「愛しているよ」

プチュ、という濡れた音。

俺の欲望が、彼の美しい蕾に吸い込まれていく。

「……あ、ああ……」

晶也は固く目を閉じ、我を忘れたように喘いだ。

彼の蕾は熱く、そしてどうしようもなく濡れていて……。

「……あっ、あっ……！」

晶也の甘い喘ぎに、もう何も考えられなくなる。

我を忘れて責め立てると、しかし彼の蕾は、けなげに俺を受け入れ、そして甘く蕩けた。

「……あっ……あっ……雅樹……！」

晶也は、我を忘れたような仕草でかぶりを振る。

ソファが、俺の動きに合わせて激しく揺れる。

「……雅樹……イッちゃう……あああっ！」

彼の白い内腿が、射精感に耐えかねたように痙攣《けいれん》する。

「……お願い、お願い、雅樹……」

「わかった。一緒にイこう……愛しているよ、晶也」

「……あっ！」

囁きにまで感じてしまったのか、俺を受け入れた蕾が、きゅうっ、ときつく俺の屹立を締め上げた。

俺は濡れそぼった彼の屹立を愛撫しながら、その甘美な身体を激しく奪い……。

「……あっ！　……ああっ……くう、んっ……！」

晶也は甘く喘いで、俺の手のひらの中に、ドクンドクンと白い欲望を放った。

「……んん、愛してる、雅樹……」

蕩けた蕾に淫らに締め上げられ、激しい快感の中、俺も、彼の奥深くに愛している印を激しく放つ。

「……ああ……愛している、晶也……」

俺たちは、美しい夜景を見渡せるそのソファで、抱き合い、甘いキスを交わした。

二人でいられる幸せに……心を震わせながら。

AKIYA 10

寝坊した日曜日の朝。ここは、天王洲にある雅樹の部屋。そのロフトにある彼のベッド。僕は、雅樹の腕に抱かれて、快晴の東京湾と白いレインボーブリッジを見下ろしている。

「僕、今回のことで、自分がけっこう欲のある人間だって気づいたんです。僕、あのコンストにどうしても入賞したい、って本気で思ってしまいました」

……審査員特別賞だから、僕の世界大会への参加は、会社が許してくれなかったけどね。

「欲しいものは、欲しいと強く思わなきゃいけないのかもしれませんね」

「いいことを言うな。……今欲しいものは何？　欲すれば手に入るかもしれないよ」

言って、雅樹が僕の顔を見下ろしてくる。黒曜石《こくようせき》みたいな美しい瞳に、セクシーな光。

「ええと、今欲しいものは……目の前にいる恋人の甘いキス、かな？」

そう。その目で見つめられたら、僕の理性はいつでも、トロトロに蕩けちゃうんだよね。

あとがき

こんにちは、水上ルイです。初めての方に初めまして。水上の別のお話を読んでくださった方にいつもありがとうございます。

この『焦がれるジュエリーデザイナー』は、ガヴァエッリ・ジョイエッロという宝飾品会社を舞台にしたお話。有名デザイナーの雅樹と、彼の部下で新米デザイナーの晶也が主人公です。今回はデザインコンテストに参加することになった晶也がスランプに。頑張れ、晶也。そして美形職人・喜多川御堂と、世界的な宝石王ユーシン・ソンも初登場です。

この本は現在は絶版になっているリーフノベルズの文庫化で、ジュエリーデザイナシリーズの第七弾にあたります。とはいえすべて読みきりですので、この本から読んでも大丈夫。安心してお求めくださいさい（CM・笑）。今回の文庫化に際して、雅樹と晶也の甘々ショートを書き下ろしました。お楽しみいただければ嬉しいです。

とても麗しいイラストの使用許可をくださった円陣闇丸先生、そしてルチル文庫編集部の皆様、この本を読んでくれたあなたへ、どうもありがとうございました。

それでは、また次の本でお会いできるのを楽しみにしています。

二〇一〇年　初夏　　水上ルイ

「……うわ、甘くていい香り」

ふわりと上がった湯気に、僕は思わずうっとりする。キッチンの作業台、白い大理石の上にはジャムみたいなものが入った瓶。オレンジ色のラベルには『木花茶』という文字と、レモンイエローで花梨《かりん》の絵が描いてある。

「柚子茶《ゆずちゃ》じゃないですよね。花梨のお茶？」

「モグァチャというらしい。はちみつと花梨のほかに、生姜《しょうが》、桂皮《けいひ》が入っていると聞いた」

優しい声で言う雅樹の横顔を見上げ、僕はその端麗さに思わず見とれてしまう。

……こうしてゆっくりするのも、すごく久しぶりだ。

僕は、天王洲にある雅樹のマンションにいた。

ソウルでの授賞式、そしてたった数日間だけどとても甘かったハネムーンを終えて日本に戻ったのが二週間前。コンテストの出品のためにスケジュールが押していた上に、授賞式のために休みを取った。そのせいで、雅樹も僕も仕事がめちゃくちゃ詰まっていて、二週間、ほぼ毎日残業をしなくてはいけないくらい忙しかった。本当は部屋に来るようにと何度も誘ってもらってた。でも、ここに来たら気が抜けてしまいそうだった。だから週末のデートも我慢して、仕事に励んで……だから雅樹の部屋に来るのも二週間ぶりなんだ。

僕と雅樹は順番にゆっくりとお風呂に入って仕事の疲れを取り、バスローブに着替えてくつろいでいるところ。コンテストの前にはスランプに陥ったし、その後もずっと忙しかったから……こういうゆったりした時間が、なんだか前にも増して大切に思える。

雅樹が、白い茶器に満たされた綺麗なレモンイエローのお茶をスプーンで混ぜている。はちみつ漬けになった花梨がたくさん入っていて、見るからに美味しそうだ。

「濃さはどうだろう？　味見をしてみてくれないか？」

雅樹が言いながら、スプーンでお茶をすくう。息を吹きかけてそれを冷まし、僕の唇に近づける。

「まだ熱いかもしれない。火傷しないように気をつけて」

心配そうなその言葉に、僕は思わず笑ってしまう。

「黒川チーフったら、本当に心配性なんだから」

僕が言うと、彼は秀麗な眉をちらりと上げて言う。

「ちょっと目を離すと、すぐに火傷をするのは誰かな？　それとも、キスで口移しをして欲しい？」

その言葉に、僕は思わずちょっと赤くなる。

「す、すみません。自分で飲めます」

僕は唇を尖らせてフーッと息を吹きかけ、それからそっとスプーンからお茶を飲む。

「……ん……」

それをこくんと飲み干し、口の中に広がる芳香と舌が蕩けそうな甘さに陶然とする。

「……美味しいです。すごく。濃さもちょうどいい感じです」

僕が言って見上げると、雅樹は満足げにうなずく。それからふと気づいたように、

「声が、少しかれているね」

「え？　そうですか？」

「ああ。愛し合った次の朝のようだ」

セクシーな眼差しに、鼓動が速くなる。ソウルであんなに濃厚な時間を過ごしていたのに、日本に帰ってきたら二週間も離れ離れ。エッチどころかキスすらできなかった。だからなんだか見つめられるだけで、あの熱い時間を思い出しそうで……。

「花梨は、喉にとてもいいそうだよ」

雅樹はスプーンを流しに置き、それから僕の顎を指先で持ち上げる。彼の手が滑り、僕の首筋をそっと撫で下ろす。くすぐったさと甘い痺れに、ピクンと身体が震えてしまう。

「……あ……」

「喉は痛くない？」

心配そうに聞かれて、僕は慌ててかぶりを振る。

「大丈夫です。家に帰っても仕事をしていてちょっと寝不足なので、そのせいかと……」

雅樹がちらりと眉を上げたのを見て、僕は、しまった、と思う。

「家では仕事をしないでゆっくり休みなさいと言ったのに」

「す、すみません。つい……」

「ともかく、リビングに行こう。おいで」

雅樹は蓋をかぶせた二つの茶器をトレイに載せて持ち上げ、キッチンと一続きになっているリビングに入る。僕は彼の後を追い、彼と並んでソファに座る。窓の外には見渡す限りの湾岸の夜景。美しく煌くレインボーブリッジに、やっと二人きりになれたんだな、という実感が湧く。雅樹がトレイから茶器を持ち上げ、僕の前に置いてくれる。

「どうぞ」

「ありがとうございます」

雅樹は自分の茶器の蓋を開け、長くて美しい指でそれを持ち上げる。お茶を一口飲んでから、少し驚いたように、

「本当にいい香りだな。それにとても飲みやすい茶器だ。掘り出し物だったな」

僕も茶器を持ち上げて、慎重に表面を吹き、その甘くて芳しいお茶をゆっくりと味わう。形は湯飲み型で取っ手がないけれど、厚みがあるせいか手で包んでも熱くない。手になじんですごく落ち着く感じ。

「この茶器、買えてよかったですね。見た目もすごく可愛いし」

それはソウル市内の伝統茶館で見つけて買ったもの。李朝白磁という焼き物で、韓国の伝統茶を飲む時によく使うものらしい。ごくわずかに青みを帯びたあたたかな白の肌、側面がふくらんだデザインの湯飲みに、丸みを帯びた蓋をかぶせる。ころんとデフォルメされたマッシュルームみたいでとても可愛い。

「でも、お茶はあの店にはなかったし、結局空港でも買えなかったですよね？　この近所に、韓国製品を扱っている輸入食品店とかありましたっけ？」

二人で行った韓国風の伝統茶館で、僕と雅樹はそれぞれ柚子と棗のお茶を飲んだ。気に入ってお土産に欲しかったんだけど、茶館では小売りしてなくて、空港の売店にも寄れなかった。だから、日本の輸入食材屋さんにでも探しに行かなきゃって思っていて……。

「今日の午後、君が企画部との打ち合わせ中に、喜多川御堂が来た。打ち合わせに行く途中だと言ってすぐに帰ってしまったが」

「御堂さんが？」

「そう。その時にこのお茶を持ってきてくれた。ユーシン・ソンが航空便で送ってきたようだ。『なんで自分が配達しなくてはいけないんだ？』とブツブツ言っていた」

「配達……ということは、おすそわけではなくて僕たち宛だったんですか？」

僕は、雅樹の言葉に驚いてしまう。

「あんなにお世話になったのに、さらにプレゼントまでもらってしまうなんて……」

僕が言うと、雅樹はクスリと小さく笑って、

「ユーシン・ソンからメッセージカードがついていた。『ミドウをよろしくお願いします』と書いてあった。……あの二人はいったいどういう関係なんだろう？」

僕は、あの二人の意味ありげな視線を思い出す。口が悪くて誇り高い、綺麗な女王様みたいな御堂さんが、ユーシンさんの前ではとても色っぽかったことも。

「もしかしたら僕の思い違いかもしれませんが……あの二人、なんだか恋人同士みたいに見えました。ユーシンさんはすごく優しい目で御堂さんを見ていて、御堂さんは反抗しながらも、彼といるときにはちょっと可愛くて」

「喜多川御堂と、宝石王のユーシン・ソンが？」

雅樹はなんだかすごく驚いた顔をし、それから前髪をかき上げながら深いため息をつく。

「俺は未だに喜多川御堂が攻で、君に恋をしているとしか思えないんだが」

僕は思わず笑ってしまいながら、

「御堂さんは攻でもないし、僕に恋もしていません。そう見えるのは、あなたがやきもち妬きだからで……あ、そういえば、来週の週末にでもまた泊まりに来るようにって言われてました。御堂さんのアトリエ、すごく居心地がいいので楽しみです」

雅樹が、ちらりと眉を上げてみせる。

「一つ聞いていいかな？　俺が仕事で誰かの部屋に泊り込んだらどう思う？　君が受としか思えない――そうだな、例えば喜多川御堂の部屋にでも」

「えっ？」

僕の脳裏に、御堂さんの部屋にいる雅樹の姿がよぎる。

「それは、仕事だったらもちろん仕方がないし……僕は……」

……あのスタイリッシュな空間で、ハンサムな雅樹と麗しい御堂さんが間近に見つめ合う。それはまるで映画のワンシーンみたいに素敵だろうけど……。

「……僕は別に……」

ふいに、お風呂上りに見た御堂さんのバスローブ姿を思い出す。御堂さんは、ダンサーみたいにスタイルがいいからものすごく色っぽかった。そして、モデルみたいに長身の雅樹のバスローブ姿は、いつでも本当に格好よくて、セクシーで……。

なぜだか、鼓動が不安な感じに速くなる。

……ものすごく美しい雅樹と御堂さん。部屋には二人きりで、すぐ近くにはベッドがある。そんなところを想像するだけで……。

「……あ……」

目の奥が急にズキリと痛んで、間近にある雅樹の顔がふわりと滲む。瞬きをした拍子に、何か熱いものが頬を滑り落ちた。

「……あ、なんで……？」

気がつくと、僕は泣いていた。悲しくなんかないはずなのに、なぜだか涙は止まらない。

「……すみません、どうしたんだろう、僕……あ……」

僕の身体が引き寄せられ、そのまま彼の腕の中にしっかりと抱き締められる。

「悪かった。苛めすぎた。泣かないでくれ」

彼の大きな手が、僕の髪を優しく撫でる。彼の途方に暮れた声に思わず笑ってしまうけれど……でもなぜだか涙は止まらない。

「すみません。なんで泣いてるのか、自分でもよくわからないんです。あなたと御堂さんが二人きりでいるところを想像したら、なんだか涙が出てしまって……だって、御堂さんはすごく色っぽいし、あなたはハンサムでセクシーだし……」

僕は雅樹の逞しい胸に頬を押し付けながら、告白する。

「もしかしたら、やきもち妬きなのは、僕の方かもしれません」

彼の指が僕の顎をそっと持ち上げる。涙で滲んだ視界の中、ハンサムな顔が優しい笑みを浮かべている。

「君が嫉妬してくれて少し嬉しい」

彼の親指がそっと滑って僕の唇の形を辿る。

「君が喜多川御堂の部屋に行き、彼と二人きりでいる間、どんなに嫉妬したかわからない。

いくらコンテストのためとはいえ、自分の恋人が……」

雅樹は言葉を切り、その時のことを思い出すように深いため息をつく。

「ほかの男と二人きりでいるなんて」

そのつらそうな声に、僕の心がちくりと痛む。

「すみません。僕、御堂さんがゲイで、しかも攻じゃないかなんて、全然思わなくて……それに、コンテストのことで頭がいっぱいだったし……」

「君らしいといえば君らしいな」

雅樹は微かに苦笑し、それから僕を真っ直ぐに見下ろして、

「喜多川御堂が悪い人間ではないこと、そして彼が超一流の職人であることは認める。これからの君の将来に大きくかかわってくるであろう予感もする。ただ……」

雅樹は言葉を切り、ハンサムな顔に似合わない、ちょっとだけ情けない顔をする。

「本当の緊急時以外、一人きりでの泊まりだけはやめてくれ。君がほかの男の部屋に泊まると思うだけで嫉妬でおかしくなりそうになる」

「わかりました。一人きりでの泊まりはやめます。そういえば、御堂さんは『ほかの人間も連れてきていい』と言ってました。悠太郎達を誘ってみようかな？　それも楽しそう」

僕は言ってから、御堂さんのとてもシンプルなアトリエを思い出す。

「ユーシンさんが恋人だとしたら、あんなに離れた場所にいて、寂しくないのかな？」

雅樹は少し考え、それから僕の顔を真っ直ぐに見つめて言う。

「あの二人のことはよくわからないが……もしも君と別の国に住んでいたとしたら、会いたくて会いたくておかしくなりそうだ」

彼の真摯な言葉に、胸が熱くなる。

「僕も、きっと会いたくて会いたくておかしくなりそうです」

雅樹が微笑み、そしてその端麗な顔がゆっくりと近づいてくる。目を閉じた僕の唇にそっと触れてくる、彼の柔らかな唇。舌を絡めると、フワリと広がる花梨の芳しい香り。

「晶也、抱きたい」

唇が触れたまま囁かれて、身体がフワリと熱くなる。

「……抱いてください」

僕の唇から、かすれた囁きが漏れる。

「……あなたがいつも近くにいること、たしかめさせてください」

「愛しているよ、晶也」

切ない声で囁かれ、心も身体も蕩けそうになる。

「……僕も愛してます、雅樹……」

僕の恋人は、ハンサムで、イジワルで……そしてこんなふうにすごくセクシーなんだ。

✦初出　焦がれるジュエリーデザイナー……リーフノベルズ「焦がれるジュエリーデザイナー」2002年6月刊
Tea For Two……………………書き下ろし

水上ルイ先生、円陣闇丸先生へのお便り、本作品に関するご意見、ご感想などは
〒151-0051 東京都渋谷区千駄ヶ谷4-9-7
幻冬舎コミックス　ルチル文庫「焦がれるジュエリーデザイナー」係まで。

幻冬舎ルチル文庫

焦がれるジュエリーデザイナー

2010年6月20日　第1刷発行

✦著者　水上ルイ　みなかみ るい

✦発行人　伊藤嘉彦

✦発行元　株式会社 幻冬舎コミックス
〒151-0051 東京都渋谷区千駄ヶ谷4-9-7
電話 03(5411)6432[編集]

✦発売元　株式会社 幻冬舎
〒151-0051 東京都渋谷区千駄ヶ谷4-9-7
電話 03(5411)6222[営業]
振替 00120-8-767643

✦印刷・製本所　中央精版印刷株式会社

✦検印廃止

ISBN978-4-344-81988-7　C0193　Printed in Japan